七不思議神社

破《やぶ》られた結界《けっかい》

作　緑川聖司
絵　TAKA

あかね書房

のりば
摩布《ぶ》施《せ》
七節バス

「お待ちどうさま」

バイトのソウタさんが運んできた、ふわふわオムライスにサラダのついたランチプレートを見て、

「わーい、おいしそー！」

ソラが胸《むね》の前で手をたたきながら、歓声《かんせい》をあげた。

「えーっと……ハンバーグランチは、リクくんだったかな？」

「はい！」

ソラのとなりで、ぼくも元気よく手をあげる。

ソウタさんは、ぼくの前にハンバーグプレートを置《お》くと、すぐにちゅうぼうにもどって、シンちゃんがたのんだグラタンランチと、タクミのミックスフライ定食を持ってきた。

「ご注文の品は、おそろいでしょうか？」

まだ大学生だけど、飲食店でのバイト経験《けいけん》が長いソウタさんのなれた口調に、シンちゃんが、

「はい！」

と、こたえて、ぼくたちはいっせいに手を合わせた。

「いただきまーす！」


六月の半ばを過《す》ぎた、土曜日の午後。

ぼくたち七節《ななふし》小学校六年一組の仲《なか》よし四人組は、ぼくの父さんがやっている洋食屋、『おひさま食堂《しょくどう》』にきていた。

父さんから、子ども向けの新作ランチを開発したので、みんなをさそって試食《ししょく》にきてほしいといわれたのだ。

ひとり暮《ぐ》らしをしていたばあちゃんが、ひったくりにあってけがをしたことがきっかけで、家族三人で父さんの地元に引っこしてきたのが、いまから約《やく》十ヶ月前、ぼくが五年生の八月の終わりのことだった。

大手の外食チェーンで調理師《ちょうりし》をしていた父さんは、この場所で洋食屋を長年やっていた年配のご夫婦《ふうふ》から、お店を引きつぐことになった。

なれない土地に、はじめのうちは苦戦《くせん》していたものの、じょじょに常連《じょうれん》さんも増《ふ》えてきて、最近《さいきん》は経営《けいえい》も順調《じゅんちょう》みたいだ。

ぼくたちが店に着いたのはお昼少し前だったけど、その時点で席《せき》はほぼうまっていた。

店があるのは、ぼくたちが住んでいる七節町《ななふしちょう》からバスに乗って約《やく》二十五分、小さな山をひとつこえたところにある摩布施《まぶせ》という地域《ちいき》だ。

田んぼや畑が多かったこのあたりも、最近《さいきん》は開発が進んで、とくに小さな子どもがいる家族連《づ》れの人口が増《ふ》えている。

そこで、父さんはいま以上《いじょう》に、お客さんに満足《まんぞく》してもらうため、子ども向けのメニューをじゅうじつさせたいと考えたのだ。

ちなみに、ソラの食べているオムライスには地元の養《よう》けい場の卵《たまご》が使われているし、ぼくのハンバーグには、かくし味として近所で採《と》れた山菜《さんさい》が細かく刻《きざ》んである。

シンちゃんが食べているのは、地元の野《や》菜《さい》を和風に味つけしたみそグラタンで、タクミの前にならんだ山盛《やまも》りのフライは、山《さん》菜《さい》や川魚を使った、その名も〈山の幸川の幸定食〉だった。

だれがなにを食べるかは、くじ引きで決めたんだけど、どれもおいしかったので、

ぼくたちはあっという間にたいらげた。

「このへんって、子どもがめっちゃ多くなってるんやって」

デザートのごまだんごに手をのばしながら、タクミがいった。

「もうじき、新しい幼稚園《ようちえん》ができるって聞いたで」

ほうじ茶のはいったグラスを手に、シンちゃんがこたえる。

父さんによると、昔は本当に田んぼと畑しかなかったけど、最近《さいきん》は一戸建《いっこだ》てだけではなく、アパートやマンションも増《ふ》えてきているらしい。

そういえば、バスに乗っている間に、大きなトラックやダンプカーと何度もすれちがった。

いまも建築《けんちく》ラッシュは続《つづ》いているのだろう。

「ねえ。あれって、案山子《かかし》？」

ソラが、窓《まど》の外を指さしていった。

緑にそまった田んぼの真ん中に、両手を水平に広げた人形がぽつんと立っている。

大きなつばの麦わら帽子《ぼうし》に、チェックのシャツとジーンズを身につけていて、まるで人間みたいだ。

「ちょっとおしゃれだね」

ぼくはいった。

「ここにくるとちゅうにも、案山子《かかし》があちこちに立ってたやろ？」

シンちゃんが、ぼくたちの顔を見まわしながらいった。

「だいたいは、田んぼひとつに一体なんやけど、一か所だけ、二体の案山子《かかし》がならんでるとこがあるねん」

「二体？」

そんなところあったかな、とぼくがきおくをさぐっていると、

「わたし、覚《おぼ》えてる」

ソラがサッと手をあげた。

「山をこえて、最初《さいしょ》のバス停《てい》の前だよね。ふたつの案山子《かかし》が、ぴったりとならんでたから、めずらしいな、と思って見てたんだけど……」

「あれには、こんな話が伝《つた》わってるんや」

シンちゃんはちょっと声を低《ひく》くして話しだした。

「いまから、二十年くらい前のことなんやけど……」

働《はたら》く案《か》山《か》子《し》

「まいったなあ……」
実りはじめたいねが、さわさわと風にゆれる田んぼを前にして、小林さんは顔をしかめた。
いっしょうけんめい育てたいねが、鳥に荒《あ》らされて、ボロボロになっていたのだ。
よほどおいしそうに見えるのか、案《か》山《か》子《し》を立てても、キラキラと光るビニールをつるしても、まるで効果《こうか》がない。

かといって、田んぼ全体にあみをかぶせるには、はんいが広すぎる。

困《こま》りきった小林さんは、なにかいいものはないかと、納屋《なや》にいってみた。

小林さんの家は、百年以上《いじょう》前から代々《だいだい》農家をしている。

だから、納屋《なや》の中はちょっとした郷土資料館《きょうどしりょうかん》のようになっていた。

教科書に出てきそうな昔の農機具《のうきぐ》をかきわけて、小林さんがめぼしいものをさがしているると、とつぜんガタっと音を立てて、なにかがたおれかかってきた。

「うわっ！」

小林さんは、とっさに飛《と》びのいた。

よく見ると、それは一体の案山子《かかし》だった。

農作業用の着物に、紺《こん》のもんぺをはいている。

そして、顔には「へのへのもへじ」がえがかれていた。

何十年か、もしかすると、百年くらい前につくられたものかもしれない。

だけど、いまでもじゅうぶん使えそうだ。

小林さんは、その案山子《かかし》に〈太郎《たろう》〉と名づけて、田んぼの案山子《かかし》と交代させてみた。

すると、おどろいたことに、鳥の被害《ひがい》がぱったりとやんだ。

一週間たっても、二週間たっても、いねがついばまれる様子はない。

太郎《たろう》が、ほかの案山子《かかし》とどうちがうのかはわからなかったけど、とにかくこれで安心だと思っていると、しばらくしておかしなうわさが流れるようになった。

太郎《たろう》が動くというのだ。
まさかと思いながらも、小林さんは大きな木のかげから、
こっそり田んぼを見張《みは》ってみた。
すると、鳥が近づくたびに、顔にかかれた大きな〈の〉の字の目が、
ギョロリと動いてそちらをにらむ。
それを見て、鳥がおどろいてにげていった。
さらに、鳥が集団《しゅうだん》でやってくると、

ガサガサガサガサ……

太郎《たろう》は体を左右にゆらして、いかくした。
鳥たちがたまらず飛《と》びたっていく。
その様子をぼうぜんと見つめながら、小林さんは、去年亡《な》くなったおじいさんが、
命のないものでも百年たつとたましいを持つといっていたことを思いだした。

おそらく、あの案山子《かかし》はつくられてから百年をへたことで、たましいを持ったのだろう。

おかしな話ではあるけれど、考えてみれば悪いことではない。むしろ、鳥を追いはらってくれて、ありがたいくらいだ。

小林さんは、しばらく様子を見ることにした。

すると、今度は近所の人から苦情《くじょう》がくるようになった。

夕暮《ゆうぐ》れどきに、中学生が小林さんの田んぼの前を自転車で通りかかると、どこから か笑《わら》い声が聞こえてくる。

だれもいないのに、気味が悪いな、と思ってあたりを見わたすと、案山子《かかし》がかたをゆらして、クックックッと笑《わら》っていたというのだ。

おどろいた中学生は、あわててにげだしたせいで、あやうく用水路に落ちるところだった。

それ以外《いがい》にも、道を歩いていた人が、ワッと大声でおどろかされたとか、夜おそくに車を走らせていると、後ろから太郎《たろう》が追いかけてきた、といったうわさが寄《よ》せられた。

小林さんがふたたび見張《みは》っていると、一匹《ぴき》の猫《ねこ》が田んぼの前で足を止めて、背中《せなか》の毛を逆《さか》だてながら、太郎《たろう》に向かってシャーッ、と声を出した。

どうするんだろうと思っていると、太郎《たろう》はぴょんぴょんと飛《と》びはねながら、田んぼの外に出てきた。

「こらっ！」

太郎《たろう》がどなると、猫《ねこ》はその場で飛《と》びあがって、にげるように走りさっていった。

おどろいた小林さんは、太郎《たろう》に話しかけた。

「おまえは案山子《かかし》なのに、どうしてしゃべったり動いたりできるのだ」

太郎《たろう》は顔の〈へ〉の字の口から声を出してこたえた。

「命のないものでも、つくられて百年がたてば、たましいがやどるといわれています。わたしは今年で百年目なので、ただの案山子《かかし》から、命ある案山子《かかし》になったのです」

「だからといって、どうして人をおどかすようなことをするのだ」

小林さんがしかるようにいうと、

「考えてもみてください。わたしは一日中、田んぼの真ん中で立っているのですよ。わたしは案山子《かかし》なので、鳥や猫《ねこ》を近づけることはできません。かといって、人間はわたしが話しかけると、おどろいてにげていく。たいくつでしかたがないのですよ」

太郎《たろう》はここぞとばかりにうったえた。

しかし、苦情《くじょう》が出ている以上《いじょう》、このままにしておくわけにもいかない。

「おとなしくできないのなら、引っこぬいてしまうぞ」

小林さんがおどすと、

「そんなことしたら、鳥たちに命じて、いっせいにこの田んぼをおそわせますよ」

太郎《たろう》はニヤリと笑《わら》っていった。

小林さんは困《こま》ってしまった。

本当にそんなことができるかどうかはわからないが、もしできたら大変《たいへん》だ。

なやんだ末《すえ》、小林さんは納屋《なや》の中をさがして古い案山子《かかし》をもう一体見つけてきた。

それは、同じく百年前につくられたものだった。

小林さんは、その案山子《かかし》に〈次郎《じろう》〉と名づけて、太郎《たろう》のとなりに立てた。

太郎《たろう》と次郎《じろう》は気が合ったらしく、すぐに仲《なか》よくなった。

それ以来《いらい》、小林さんの田んぼの前を通ると、案山子同士《かかしどうし》がおしゃべりをしている、のんびりとした声が聞こえるということだ。


「――だから、あそこの田んぼだけ、案山子《かかし》が二体、ならんで立ってるんだよ」

シンちゃんはそんな風に話をまとめて、お茶を飲んだ。

へのへのもへじがしゃべるのって、なんだかかわいいな、と思っていると、

「ものが命を持つといえば……」

怪談《かいだん》が大好《だいす》きなソラが話しはじめた。

「楽器《がっき》も百年たったら、命がやどるらしいよ。これは、前に通ってた学校で、先生から聞いた話なんだけど……」

幽《ゆう》霊《れい》ピアノ

四年前に七節町《ななふしちょう》に引っこしてきたソラが、転校前の学校で先生に聞いた話。
先生には、幼稚園《ようちえん》に通う娘《むすめ》さんがいたんだけど、夜中になると、その幼稚園《ようちえん》からピアノの音が聞こえてくるといううわさが立った。
それも毎月同じ日に、幼稚園《ようちえん》の裏《うら》にある倉庫《そうこ》から、だれも聞いたことのない曲が流れてくるというので、若《わか》い保育士《ほいくし》と園長が、園に残《のこ》ってたしかめることになった。
当日の夜。二人が職員室《しょくいんしつ》でお茶を飲んでいると、

タララ……ララ……ララ……

たしかに倉庫《そうこ》から、ピアノの演奏《えんそう》が流れてきた。

二人が、かいちゅうでんとうを手に、おそるおそる倉庫《そうこ》にはいると、そこにはほこりまみれになった古いピアノが置《お》いてあった。

ふたは開いて、けんばんは動いているけど、ピアノの前にはだれもいない。ピアノが、勝手に演奏《えんそう》しているのだ。

調律《ちょうりつ》していないため、ところどころ音は外れているけど、よく聞くと明るさの中に切なさのある、なかなかいい曲だった。

「これは……なんの曲でしょう」

保育士《ほいくし》が首をひねっていると、

「これは……ピアニストをめざしていた女性《じょせい》が、この園のためにつくってくれた曲です」

園長が目になみだをうかべながらいった。

何十年も前の話。

園長がまだ園児《えんじ》としてこの幼稚園《ようちえん》に通っていたころ、音楽大学の学生だったS《エス》さんという女性《じょせい》が、園にピアノをひきにきていた時期があった。

近くのアパートで下宿をしていたS《エス》さんは、部屋にピアノを置《お》くことができないので、休日や帰宅《きたく》後に練習ができずに困《こま》っていた。

そこで、アパートの大家さんが、当時の園長先生にお願《ねが》いして、幼稚園《ようちえん》のピアノをときどき使わせてもらっていたのだ。

明るくてやさしい性格《せいかく》だったS《エス》さんは、すぐに園児《えんじ》たちの人気者になり、彼女《かのじょ》も使わせてもらうお礼になればと、ときおりちょっとした演奏会《えんそうかい》を開いてくれた。

倉庫《そうこ》のピアノから聞こえてきたのは、そのときに、S《エス》さんが園のためにとつくってくれた曲だったのだ。

みんなは、S《エス》さんがりっぱなピアニストになることを願《ねが》っていたけど、大学を卒業《そつぎょう》して、これからというところで、S《エス》さんは病気で亡《な》くなってしまった。

その後、新しいピアノがきたときに、古いピアノは倉庫《そうこ》のおくにしまわれて、みんなすっかりわすれていたのに、いまになって、とつぜん音が鳴りだしたのだ。

調べてみると、そのピアノは製造《せいぞう》されてから、ちょうど百年目ということだった。

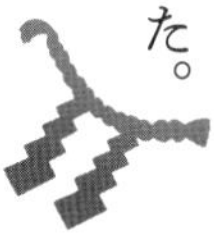

「いまでも、S《エス》さんの月命日《つきめいにち》になると、ピアノの音が流れてくるから、園長さんとか保護者《ほごしゃ》の人が、夜中に倉庫《そうこ》までいって、演奏《えんそう》を聞いてるんだって」

ソラがそう話をしめくくったとき、入り口が開いて女の子がはいってきた。

小学校の低学年《ていがくねん》くらいだろうか。

白い大きなつばの帽子《ぼうし》をかぶって、花がらのワンピースを着ている。

ひとりできたのかな、と思っていると、入り口で応対《おうたい》していたソウタさんが、

「いなりずし？」

おどろいた声をあげた。

「ちょっと待ってて。聞いてくるから」

ソウタさんは、いったんちゅうぼうに引っこむと、父さんを連《つ》れてもどってきた。

「こちらのおじょうさんが『このお店のいなりずしを食べたい』っていってるんですけど……」

ソウタさんの言葉に、

「うーん……うちは洋食屋だから、いなりずしはつくってないんだよ」

父さんは困《こま》った顔でいった。

だけど、女の子は表情《ひょうじょう》を変《か》えることなく、

「昔はあった」
といった。
「昔？」
　父さんが聞きかえすと、
女の子は、こくりとうなずいた。
「見たことある」
「だったら、もしかしたら
前のご主人のときかもしれないな」
　父さんはいった。
　一年前に店を引きついだ際《さい》、
父さんは店名をそのままにした。
　そのせいで、ひさしぶりにおとずれた人が、店の見た目は
同じなのに店主が変《か》わっていて、おどろくことがあるらしいのだ。
「前のご主人？」

女の子が首をかしげる。

父さんは、一年前に店を引きついだのだと説明《せつめい》して、

「だけど、前も洋食屋だったから、いなりずしがあったかどうかはわからないよ」

とつけくわえた。

「そう……」

女の子はかたを落とすと、

「わかった」

それだけいいのこして、店を出ていった。

「すまないね」

女の子の背中《せなか》に声をかけると、父さんはぼくたちの方にやってきて、

「新作ランチはどうかな?」

と聞いた。

「すごくおいしいです」

ソラがニコニコしてこたえる。

「いまの子、いなりずしを買いにきたの？」

ぼくが聞くと、

「そうみたいだな」

父さんはむずかしい顔でうでを組んだ。

「だけど、ここは父さんが子どものころから洋食屋だったから、どこかほかのお店とまちがえてるんじゃないかなあ」

知っていれば教えてあげたいけれど、父さんも心あたりはないらしい。

「でも、ほんとになかったのかな」

ぼくはつぶやいた。

「常連《じょうれん》さんだけの、かくれメニューとか……」

「そうだな……」

父さんはちょっと天井《てんじょう》を見あげると、

「いちおう、長谷川《はせがわ》さんに聞いてみるか」

前の店主の名前を口にしながら、ちゅうぼうへともどっていった。

ごはんを食べおわったぼくたちは、店を出て、バス停《てい》に向かった。

朝からうすぐもりだった空は、すっかり灰色《はいいろ》の雲におおわれて、しっけをふくんだ風がふいている。

屋根つきのバス停《てい》に到着《とうちゃく》して、時刻表《じこくひょう》をたしかめたタクミが、

「げ、まじかよ」

と声をあげた。

ちょうどバスが出たところで、つぎがくるまで、あと三十分以上《いじょう》あるらしい。

ずっとここで待っているのもつまらないので、ぼくたちは、あたりを散策《さんさく》することにした。

バス停《てい》を通りすぎて、食堂《しょくどう》とは反対方向に歩きだす。

片《かた》がわ一車線の道の両がわには、田んぼや畑が広がっていた。

「なんにもないな」

タクミが道の先を見とおしながらいう。

開発が進んでいるとはいっても、このあたりはまだ家はまばらで、ときおりガソリ

ンスタンドとか飲食店があるくらいだ。

「コンビニもないんだな」

シンちゃんが感心したようにいった。

「ソウタさんがいってたけど、前はあったらしいよ」

ぼくはこたえた。

二年くらい前に一度できたんだけど、半年も持たずにつぶれたらしい。

「どうして？」

ソラが不思議《ふしぎ》そうに聞いた。

「ほかにお店がないんだから、お客さんはくるんじゃないの？」

「そうなんだけどね」

ぼくは歩きながら、ソウタさんから聞いた話を語りはじめた。

「これは、ソウタさんの先輩《せんぱい》のケントさんが、そのコンビニでアルバイトをしていたときの話なんだけど……」

コンビニの怪《かい》

大学生のケントさんは、近所のコンビニでアルバイトをはじめた。

お客さんはほとんどこないのに、夜間のバイトは三人もいるので、仕事はすごく楽だった。

しかし、働《はたら》きはじめて五日目の午前二時のこと。

アルバイトの一人が急病で休んだため、先輩《せんぱい》と二人で回すことになった。

店内にお客さんがいなくなったので、先輩《せんぱい》が店の裏《うら》で夜食を食べて、ケントさんがひとりでレジに立っていると、ウイーンと音がして自動ドアが開いた。

「いらっしゃいませ」

ケントさんは、反射的《はんしゃてき》に声をかけた。

店長からは、夜おそくにお客さんがはいってきても、声をかけないようにといわれていたけど、静《しず》かすぎるのがさびしくて、つい声が出てしまったのだ。

ところが、ドアは開いたのに、だれもはいってこない。

おかしいな、と思っていると、先輩《せんぱい》があわてた様子であらわれて、ケントさんのかたをガッとつかんだ。

「おまえ、いまあいさつしたか？」

「はい、しましたけど……」

「店長から、夜はあいさつするなっていわれてただろ」

先輩《せんぱい》は、真っ青な顔で、ガタガタとふるえながらいった。

なにをそんなにおびえているのか、ケントさんが不思議《ふしぎ》に思っていると、

ペタ、ペタ、ペタ……


店内のどこかから、はだしで歩くような足音が聞こえてきた。

だけど、どこにも人かげはない。

「え？」

ケントさんがとまどっていると、

「おい、しめるぞ」

先輩《せんぱい》がケントさんの手を引っぱって、バックヤードへと連《つ》れていった。

「え、でも」

「いいから、今日は閉店《へいてん》だ。はやく帰る準備《じゅんび》をしろ」

先輩《せんぱい》は、ケントさんを裏口《うらぐち》から追いだすと、自分も電気を切って帰ってしまった。


二日後にケントさんが出勤《しゅっきん》すると、先輩《せんぱい》は前日づけで辞《や》めていた。

その後も、夜間になると、いろんなことが起こった。

駐車場《ちゅうしゃじょう》から、キャッキャッキャと子どものはしゃぐ声が聞こえてきたので見にいくと、だれもいなかったり、夜中に小学生くらいの男の子がひとりで店内を歩きまわっていたのに、監視《かんし》カメラには映《うつ》っていなかったり……。

それでもケントさんは辞《や》めずに続《つづ》けていたけど、ある日、たなの前で商品の整理をしていると、

「あの……」

だれかが後ろから、声をかけてきた。

「はい」

お客さんかな、と思ってふりかえると、そこには血だらけの女の人が立っていた。

ケントさんが絶句《ぜっく》していると、女の人は真っ赤な顔で笑《わら》いながらだきついてきた。

気がつくと、ケントさんはおくの休けい室でねかされていた。

けっきょく、そのつぎの日に、ケントさんはバイトを辞《や》めた。

その後、夜中にコンビニの前を通りかかると、店内をうめつくすほどたくさんのお客さんのすがたが見えるにもかかわらず、駐車場《ちゅうしゃじょう》には車もバイクも、一台もとまっていなかった、ということがあった。

それから間もなく、コンビニは閉店《へいてん》したということだ。

「それが、ここなんだって」

ぼくは道のとちゅうで足を止めた。

そこには看板《かんばん》も外されて、ただ平べったいだけの建物《たてもの》が取りのされていた。

そして、どういうわけか建物《たてもの》全体に、御神木《ごしんぼく》のまわりに巻《ま》かれているような、白い紙をギザギザに切った紙垂《しで》と呼《よ》ばれるものが巻《ま》かれていた。

まるで、なにかを封《ふう》じてあるみたいだな、と思っていると、

「あ、神社があるよ」

ソラが前方を指さした。

緑に生いしげった木々《きぎ》のかげにかくれるように、色あせた朱色《しゅいろ》の鳥居《とりい》が見える。

ようやく立ちよれそうなスポットを見つけて、ぼくたちは足をはやめた。

一段《いちだん》がたたみ一枚《まい》分くらいはありそうな、ゆるやかな石段《いしだん》をのぼって鳥居《とりい》の下をくぐると、左右の台座《だいざ》の上にキツネの石像《せきぞう》が、ピンと背《せ》すじをのばしてすわっていた。

「稲荷《いなり》神社かな」

ぼくがつぶやくと、

「ここになんかかいてあるぞ」

シンちゃんが、台座《だいざ》の横に石碑《せきひ》を見つけた。

それは、神社に伝《つた》わる伝説《でんせつ》を、かんたんな文章でかいたものだった。

ただ、長年の風雨にさらされたせいで、ところどころ文字が消えている。

「えっと……これ、何年ってかいてあるんかな」

シンちゃんが顔を近づけた。

「とにかく、すごい昔なんやろ」

タクミがざっくりとまとめて、指でたどりながら、声に出して読んでいった。

摩《ま》布《ぶ》施《せ》神《じん》社《じゃ》縁《えん》起《ぎ》

古来より、摩布施《まぶせ》の地は作物が育ちにくく、住む者は少なかった。

かつて、この地は合戦場《かっせんば》として多くの血が流れ、人の命が消えていった。

そのため、命あるものが育たなくなるのろいがかかっているのだといわれていた。
△△年ごろのこと。
ひとりの山伏《やまぶし》が、この地にやってきた。

山伏《やまぶし》は、数少ない住民《じゅうみん》のために、土地を耕《たがや》し、なんとか作物を育てようとした。

しかし、いくら種《たね》をまいても芽《め》が出ず、やっと芽《め》が出たかと思ったら、すぐにかれてしまう始末《しまつ》。

それでも、山伏《やまぶし》があきらめずに耕《たがや》しつづけていると、ある日、一組の母娘《ははこ》が村をおとずれた。

おなかをすかしているという母娘《ははこ》のために、山伏《やまぶし》は自分の食事から、もみひとつぶを残《のこ》して、すべて分けあたえた。

母娘《ははこ》は食事を終えると、山伏《やまぶし》に感謝《かんしゃ》の意を伝《つた》え、自分たちは神の使いとしてこの地に使わされたキツネの親子であると告《つ》げた。

そして、この地ののろいはわたしたちがはらうので、もみを地面に植えて、水をあげなさいというと、去っていった。

山伏《やまぶし》がいわれた通りにすると、たった一晩《ひとばん》で、あたり一面が金色のいなほでうめつくされた。

食べるものがあれば、人が集まる。

多くの人の協力《きょうりょく》で、土は耕《たがや》され、この地は栄《さか》えていった。

山伏《やまぶし》は、キツネの母《はは》娘《こ》に感謝《かんしゃ》して、ここに稲荷《いなり》神社を建立《こんりゅう》し、自ら初代《しょだい》の神主《かんぬし》として、この地を治《おさ》めた。


ぼくたちはお参《まい》りをしようと、境内《けいだい》のおくに進んだ。

「あれ？　ねえ、あの子……」

参道《さんどう》をしばらく歩いたところで、ソラがぼくのうでを、つんつん、とつついた。

見ると、社殿《しゃでん》の手前にある石のベンチに、さっきの女の子がすわっている。

ぼくたちが近づくと、向こうもこちらに気づいたみたいで、

「おや、さっき、店にいた童子《わらし》たちだな」

といいながら、こしをあげた。

なんだか、時代劇《じだいげき》に出てくるお年寄《としよ》りみたいなしゃべりかたをする子だな、と思っていると、

「ちょうどよかった。この辺《へん》で、いなりずしを売っている店を知らないか？」

とたずねてきた。

「どうしてそんなに、いなりずしをさがしてるの？」

ソラが代表して聞きかえす。

女の子は、いっしゅんまゆを寄《よ》せるような表情《ひょうじょう》を見せると、

「母《かあ》さまに食べさせたいんじゃ」

顔をくもらせて、そうこたえた。

ぼくたちは、ふたつならんだベンチにこしをおろして話を聞くことにした。

こちらが順《じゅん》に名乗ると、女の子も、

「わしのことは、キッコと呼《よ》んでくれ」

といった。

キッコは、お母さんと二人でこの近くに住んでいるんだけど、最近《さいきん》、そのお母さんの体調がよくないらしい。

だから、お母さんが好《す》きだといっていた、あのお店のいなりずしを買っていけば、元気になるのではないかと考えたのだそうだ。

「お母さん、ご病気なの？」

ソラのせりふに、キッコは首をひねって、むずかしい顔でいった。

「去年の秋ごろから、あまり調子がよくなかったが、このところどんどん元気がなくなってきているんじゃ」

「あのお店をやってるのって、ぼくの父さんなんだけど……」

ぼくがそういうと、キッコはおどろいた顔でぼくを見た。

「お母さんがそのいなりずしを食べたのって、いつごろのことだったかわかる？」

キッコは、きおくをたどるように宙《ちゅう》を見つめながら、

R
Creape

「そうじゃな……最後《さいご》に店で買ったのは、たしか五十年前だったか……」

といった。

「え？　五十年？」

ぼくがびっくりして聞きかえすと、

「あ、ちがった。五年前じゃ」

キッコは、あわてていいなおした。

ぼくは、ひょっとして、と思った。

ぼくたちが住んでいる七節町《ななふしちょう》にある七節《ななふし》神社は、地元では七不思議《ななふしぎ》神社と呼《よ》ばれている。

そして、その名の通り、七不思議《ななふしぎ》神社のまわりでは、不思議《ふしぎ》なことがいっぱい起こるのだ。

ぼくも、引っこしてきてからの一年間で、タクミやシンちゃんやソラといっしょに、いろんなことを体験《たいけん》してきた。

そのおかげで、人間以外《いがい》の友だちもたくさんできた。

だから、なんとなくわかるんだけど、キッコには人とはちがうふんいきがあった。

だとしたら、いいまちがいではなく、本当に五十年前の話なのかもしれない。

「いま、前の店主さんに問いあわせてるみたいだから、あとでもう一度聞いてみるよ」

ぼくがそういうと、キッコは立ちあがって、深々《ふかぶか》と頭をさげた。

「かたじけない」

そのひょうしに帽子《ぼうし》が落ちて、頭から耳が生えているのが見えた。

あわてて帽子《ぼうし》をかぶりなおす。

「キッコさんって、もしかして、キツネさんだったりする?」

ソラが声をかけると、キッコはけいかいするように後ずさった。

それから、ん?　と表情《ひょうじょう》を変《か》えると、

「人間以外《いがい》のにおいがするな」

といった。

「だけど、山のものでもない。おまえら、何者だ?」

キッコの問いかけに、シンちゃんがこたえた。

「たぶん、きみの仲間《なかま》のような知りあいがたくさんいるからだと思うよ」

ぼくたちは、七節町《ななふしちょう》からきたことと、向こうでは人間以外《いがい》のものとも交流していることを話した。

すると、キッコは思いがけないことを聞いてきた。

「最近《さいきん》、そのものたちの体調は悪くないか？」

「どうして？」

ソラが不思議《ふしぎ》そうに聞きかえす。

お母さんは、病気で体調をくずしてると思ってたけど、ちがうのだろうか。

「じつはな……」

キッコは、自分もあまり調子がよくないし、このあたりにすんでいる山のものたちも、去年の終わりくらいから様子がおかしいのだといった。

どうやら、このあたり一帯《いったい》で、なにかが起こっているようだ。

「ぼくたちに、なにか手伝《てつだ》えることはあるかな？」

シンちゃんの申し出に、キッコはしばらく考えていたけど、

「母《かあ》さまに会ってくれるか？」

といった。

シンちゃんがうなずくと、

「それじゃあ、ついてきてくれ」

キッコはそういって、社殿《しゃでん》の裏《うら》に向かって歩きだした。

神社の裏《うら》には、木々《きぎ》がうっそうとしげった森が広がっていた。
キッコは森の手前で足を止めると、近くにあった木から紙垂《しで》のついた縄《なわ》を外した。
いいのかな、と思っていると、
「これをつかんで」
と、差《さ》しだしてきた。
ぼくたちはキッコを先頭に一列になると、縄《なわ》をつかんで歩きはじめた。
森に一歩足をふみいれたところで、

「あれ？」

ぼくはめまいのようなものを感じて、大きくふらついた。

「リク、だいじょうぶ？」

前を歩いていたソラがふりかえって、やっぱりよろける。

なんだか、ジェットコースターに乗って、おりたあとみたいな感じだ。

前を見ると、シンちゃんとタクミも同じようにふらふらとしていた。

「気をつけろ」

キッコがひとり平気な顔で歩いていく。

「結界《けっかい》が張《は》ってあるから、目に見えている道と、本物の道がぜんぜんちがうぞ」

そういうと、太い木の幹《みき》にまっすぐぶつかって、そのまま通りぬけていった。

縄《なわ》に引かれて、ぼくたちも木をつきぬける。

ためしに手をのばしてみるけど、すぐそこにあるはずの葉っぱがさわれなかった。

そのかわり、思いがけないところで枝《えだ》をふんだり、見えない草がうでにあたるようなかんしょくがあった。

キッコによると、キツネの術《じゅつ》で森に結界《けっかい》を張《は》って、
人間がはいってこられないようにしているらしい。
そのせいで空間がねじまがっていて、ふつうに目で
見ると遠近感がおかしくなるのだそうだ。

しばらく歩いたところで、キッコはとつぜん足を止めると、

「着いた」

といって、こちらをふりかえった。

同時に、きりが晴れたように、視界《しかい》がパッと開ける。

いつのまにか、目の前に野原が広がっていて、その真ん中に家が建《た》っていた。

かやぶき屋根に平屋建《ひらやだ》ての、大きな一けん家だ。

キッコにうながされて家にあがると、ぼくたちは、十じょう以上《いじょう》はありそうなりっぱな客間に通された。

「母《かあ》さまを呼《よ》んでくる」

といって、キッコが出ていく。

長方形の大きな座卓《ざたく》の前に、きんちょうしてすわっていると、

「お待たせしました」

ふすまがスッと開いて、白地に赤い花のかかれた着物すがたの女の人があらわれた。はだは白く、長い髪《かみ》の毛は見事な銀色をしている。

そして、その頭からは耳が、着物の後ろからはふさふさとしたりっぱなしっぽが見えていた。

「失礼《しつれい》いたします」

耳としっぽのついた女の人は、ぼくたちに頭をさげて、向かいにこしをおろすと、

「話は娘《むすめ》から聞きました。キッコの母のタマモと申します」

そういって、もう一度ていねいに頭をさげた。

ぼくたちも、あわてておじぎを返す。

「娘《むすめ》がお世話になったそうですね」

タマモさんは顔をあげてにっこり笑《わら》った。

「あ、いいえ、ぼくらはべつに……」

ぼくは〈おひさま食堂《しょくどう》〉でキッコを見かけたこと、そのあと神社でばったり出会って、話を聞いたことを、順番《じゅんばん》に説明《せつめい》した。

話が終わると、

「そうですか。キッコがいなりずしを――」

タマモさんは、少し照《て》れたように笑《わら》った。

そこに、キッコがお茶を持ってはいってきた。

「あの……いなりずしって、五十年前に食べたっきりなんですか？」

タクミが質問《しつもん》する。

「え？」

タマモさんは、少しおどろいたように、目を見開いた。

「五十年前？」

「ちがうんですか？　おれはてっきり……」

タクミがとまどった顔でキッコを見る。

ぼくもキッコの話を聞いて、そう思ってたんだけど……。

「たしかに、お店でいただいたのは五十年前のことでした」

タマモさんは、ちょっと苦笑《にがわら》いのような表情《ひょうじょう》をしながらいった。

「だけど、それっきりというわけではないんです。あのお店のいなりずしを最後《さいご》にいただいたのは、去年の春のことでした――」


タマモさんがおひさま食堂《しょくどう》のいなりずしをはじめて食べたのは、いまから五十年以《い》上《じょう》前のこと。

キッコはそのころ、まだ赤ちゃんだった。

もともとべつの土地に住んでいた二人は、その土地の神社が取りこわされることになって、移《うつ》り住む場所をさがしていた。

そして、神社を守っていたキツネが老れいで山にもどることになり、ちょうど後つぎをさがしていた、この稲荷《いなり》神社に住むことになったのだ。

しかし、長年同じところで暮《く》らしていたキツネの母娘《ははこ》が、遠くはなれた場所に移動《いどう》するのは、予想以上《いじょう》に大変《たいへん》なことだった。

ようやく摩布施《まぶせ》にたどりついたものの、おなかが空いてたおれそうになっていたところに、食堂《しょくどう》を見つけて、人間のすがたで立ちよった。

そこで食べたいなりずしが、いままで食べたことがないくらいおいしかったのだぞうだ。

「洋食屋なのに、売ってたんですか？」

ぼくが口をはさむと、

「当時は洋食屋というよりも、本当に食堂《しょくどう》という感じで、うどんやそばも置《お》いてあったのよ」

タマモさんは、なつかしそうにいった。

たしかに、いまも定食にはごはんがついてくるし、冬季限定《とうきげんてい》で、なべ焼《や》きうどんを出してたりもするから、そのへんはわりとおおらかなのかもしれない。

食べおわったタマモさんは、お店を出るときに、

「とてもおいしかったです。このいなりずしを神社に供《そな》えたら、このお店はきっとはんじょうするでしょう」

と、店主に告《つ》げた。

神社へのお供《そな》えものは、自分たちを通して神さまも食べているので、これならきっと神さまもよろこぶだろうと、タマモさんは考えたのだ。

すると、その翌日《よくじつ》、さっそく神社の社殿《しゃでん》の前に、いなりずしが山のように積《つ》まれていた。

それ以来《いらい》、毎月決まった日になると、いなりずしがお供《そな》えされるようになった。

そのいなりずしは、タマモさんとキッコ、それから山のものたちが、毎回おいしくいただいた。

それから月日がたち、食堂《しょくどう》のメニューからは消えても、春と秋に行われる、豊作《ほうさく》をいのるお祭りのときには、大量《たいりょう》のいなりずしが奉納《ほうのう》されていた。

ところが、去年の秋のお祭りのとき、お供《そな》えものの中に、いなりずしはなかった。

食堂《しょくどう》の主人も高れいだし、だいじょうぶだろうかと心配していたら、春のお祭りでもやっぱりお供《そな》えがなかった。

「――そんなことがあって、しばらく食べていなかったので、先日、ふと『あのいなりずし、また食べたいねえ』とキッコにいったんです。おそらく、そのときのことを覚《おぼ》えていたんでしょう」

タマモさんはそういって、キッコの頭をなでた。

キッコはうれしそうに、首をゆらしている。

タマモさんは手をひざに置《お》いて、ぼくたちに向きなおると、

「聞けば、食堂《しょくどう》も代《だい》がわりして、いまはお父さまがつがれているとのこと。あのいなりずしを食べられないのは残念《ざんねん》ですが、わたしの調子が悪いのは、それが原因《げんいん》ではないと思います」

といった。

「わかってる」

キッコがしゅんとしてつぶやいた。

「わしはただ、あれを食べたら、元気が出るかなと思って……」

「うん、ありがとう」

タマモさんがまた頭をなでると、キッコはさっきよりも小さく首をゆらした。

「それじゃあ、どうして……」

ソラが問いかけると、タマモさんは首をひねって、

「それが、よくわからないんです。わたしだけではなく、山のものたちのほとんどが、去年の秋ごろから調子をくずしているようなので……」

といった。

「あの……」

ぼくは背《せ》すじをのばすと、少しだけ身を乗りだしていった。

「ぼくたちに、なにかできることはありませんか？」

タマモさんは、しばらく無言《むごん》でぼくの顔をじっと見つめていたけど、やがてゆっくりと首を横にふった。

「お気持ちはうれしいのですが、わたしたちにはたいしたお礼もできませんし……」

「そんなの、いいですよ」

タクミがちょっとびっくりしたように笑《わら》った。

「困《こま》ったときは、おたがいさまです」

その言葉に、ぼくたちはいっせいにうなずいた。

ぼくたちも七節町《ななふしちょう》で、山に住む仲間《なかま》たちから、いろいろなものを受けとってきた。

それは、形があるものもあれば、形がないものもある。

だけど、全部大事な宝物《たからもの》だ。

もしできることがあるなら、ぼくたちもなにかをしてあげたいと思うのは、あたりまえのことだった。

タマモさんは、何度もまばたきをすると、安心したように笑《わら》って、

「ありがとう」

といった。そして、

「わたしの――というか、わたしたちの体調が悪いのは、べつの理由だと思います。ただ、その原因《げんいん》がわからないんです」

と続《つづ》けた。

石碑《せきひ》にもあったとおり、この地は過去《かこ》に合戦《かっせん》があって、多くの血が流れたせいで、作物が育ちにくく、山のものたちも暮《く》らしにくかった。

それを、キツネの祖先《そせん》が清《きよ》めて、住みやすい土地にしたのだ。

ところが、昨年《さくねん》の秋あたりから急に、タマモさんのように、頭や体が重いとうったえるものや、イライラが続《つづ》いて攻撃的《こうげきてき》になるものが出はじめた。

「どうやら、土地からよくない気があふれているようなのですが、それが、なぜなのか……」

タマモさんがそういって、目をふせたとき、

「こんにちはー」

げんかんの方から、子どもの声が聞こえてきた。

キッコがスッと立ちあがって、トトトと部屋を出ていったかと思うと、すぐにもどってきて、

「小豆小僧《あずきこぞう》だ」

といった。

後ろから、かすりの着物を着た男の子がはいってくる。

十才《さい》くらいに見えるけど、山のものの年れいは、見た目だけではわからない。

小学校の低学年《ていがくねん》に見えるキッコも、少なくとも五十才《さい》はこえているのだ。

男の子は、ぼくたちに気づいて、

「どうして人間の子どもがいるんですか？」

と、目を白黒させている。

困わくしている男の子に、タマモさんがフフッと笑《わら》って、

「キッコのお友だちよ」

といった。

それから、ぼくたちの方を向いて、

「彼《かれ》は、子どもの小豆洗《あずきあら》い――小豆小僧《あずきこぞう》なの」

と紹介《しょうかい》した。

「え……」

怪談《かいだん》とか妖怪《ようかい》にくわしいソラが、絶句《ぜっく》してわずかにこしをうかせる。

「小豆洗《あずきあら》いって、人を食べるって……」

「だいじょうぶよ」

タマモさんはやさしくほほえんで、小豆小僧《あずきこぞう》の物語を話しだした。

小豆《あずき》小《こ》僧《ぞう》

昔々《むかしむかし》の話。

ある大きな和がし屋で、数えで十になる男の子が働《はたら》いていた。

男の子は、幼《おさな》いころから見習いとして、まじめに下働《したばたら》きをしてきたので、お店の人から大変重宝《たいへんちょうほう》されていた。

中でも、小豆《あずき》を数えるのが得意《とくい》で、パッとつかんだつぶの数を、正確《せいかく》にあてるのは、まさに名人芸《めいじんげい》だった。

店の主人は、商人同士《どうし》の集まりがあると、男の子を連《つ》れていっては、この特技《とくぎ》をひろうさせた。

おかげで、このあたりでは男の子のことを知らぬ者がいないほどの人気者になった。

ところが、秋も深まったある日のこと。

とつぜん男の子がいなくなった。

店で働《はたら》く小僧《こぞう》の中には、仕事の厳《きび》しさにたえきれず、にげだす者も少なくない。

しかし、男の子は小さなころからもう何年も働《はたら》いてきているのだ。

いまさらにげだすとは思えなかった。

秋の日は暮《く》れるのがはやい。

あたりが真っ暗になって、店の者たちが心配していると、

「そういえば、この間『おいしい木の実が食べたいなあ』といってました」

男の子の先輩《せんぱい》にあたる小僧《こぞう》が、店の主人にそういった。

もしやと思い、あかりを手に山をさがすと、男の子がはだ身はなさず持っていたきんちゃくぶくろが、ごつごつとした岩場に落ちていた。

しかも、あたりには真っ赤な血のあとがある。

どうやら、木の実をとろうとして、足元を流れる小川に足をとられ、岩場を転げ落ちたらしい。

男の子のすがたはないが、血の量《りょう》を見ると、とても生きているとは思えなかった。

それに、助かったのならば名乗りでてくるはずなので、おそらくなきがらは、けものがくわえていったのだろう、ということになった。

山が危険《きけん》なことは知っているはずなのに、どうしてあんなところにいったのかと、男の子をかわいがっていた店の主人は、大いになげき悲しんだ。

「話を聞いたときに、わたしが止めていれば……」

先輩《せんぱい》の小僧《こぞう》も、深くくやんだ様子で、なみだを流した。

しかし、しばらくすると、山の中で男の子を見たという者があらわれた。

木の実をとりに、山のおくにはいると、

ショキ、ショキ、ショキ、ショキ……


と、きみょうな音が聞こえてくる。

のぞいてみると、ちょうどきんちゃくぶくろが見つかった川のそばで、

「小豆《あずき》をとごうか、人をとって食おうか」

と、歌いながら、男の子がざるで小豆《あずき》を洗《あら》っていたというのだ。

以前《いぜん》から、この地域《ちいき》には小豆洗《あずきあら》いという妖怪《ようかい》のうわさがあって、同じように「小豆《あずき》をとごうか、人をとって食おうか」と歌いながら小豆《あずき》を洗《あら》い、迷《まよ》いこんだ人間を頭から丸かじりにすると伝《つた》えられていた。

そこで、男の子は小豆小僧《あずきこぞう》と呼《よ》ばれるようになり、町の者は大人も子どもも、山のおくにはなるべく近よらないようになった。

男の子が山で亡《な》くなってから、半年ほどがたったある日のこと。

和がし屋の小僧《こぞう》が二人、山にやってきた。

ひとりは男の子が亡《な》くなったときになみだを流した先輩《せんぱい》で、もうひとりは、一年前にはいったばかりの後輩《こうはい》だった。

「先輩《せんぱい》、ほんとにだいじょうぶなんですか？」

後輩《こうはい》はおどおどしながら、前を歩く先輩《せんぱい》に聞いた。

「ここは、小豆《あずき》小僧《こぞう》が出るって……」

「うるさい。あんなの、うわさに決まってるだろ」

先輩《せんぱい》はイライラした様子で、後輩《こうはい》をしかりつけると、木の枝《えだ》の先についた赤い実を指さしていった。

「おい、あれをとってこい」

木の下には川が流れていて、岩がぬれているので、足場が悪い。

「むりですよ」

そういって、後ずさる後輩《こうはい》を、

「おれに逆《さか》らうのか！」

先輩《せんぱい》が岩場に向かっておしだそうとしたとき、
シヨキ、シヨキ、シヨキ、シヨキ……

どこからか、小豆小僧《あずきこぞう》が小豆《あずき》をとぐ音が聞こえてきた。

「せ、先輩《せんぱい》……音が……」

後輩《こうはい》がふるえる声をあげる。

先輩《せんぱい》も絶句《ぜっく》して顔をこわばらせていると、

「小豆《あずき》をとごうか、人をとって食おうか」

小豆小僧《あずきこぞう》が歌いながら、ひょっこりと顔を出した。

「ひゃあっ！」

おどろいた先輩《せんぱい》は、すてんと転んで、岩場でこしを打った。

動けなくなったところに、小豆小僧《あずきこぞう》がせまる。

「ひえーっ！」

後輩《こうはい》は悲鳴をあげながら、先輩《せんぱい》を置《お》いて、山をかけおりた。

店の人を呼《よ》んでもどってくると、先輩《せんぱい》は地面にふせた姿勢《しせい》のまま両手を合わせて、

「おれが悪かった。許《ゆる》してくれ……」

と、泣《な》きながらあやまっていた。

ふしんに思った店の人が問いつめると、先輩《せんぱい》は、半年前のことを打ちあけた。男の子が主人にかわいがられていることにしっとして、いっしょに木の実を取りにいこうと山にさそいだし、岩場につきとばしたというのだ。

だけど、男の子がいなくなったあと、目をかけられたのは、自分ではなく、一年前にはいったばかりの後輩《こうはい》だった。

そこで、ふたたび山に連《つ》れだしたのだった。

（小豆小僧《あずきこぞう》が、助けてくれたんだ……）

先輩《せんぱい》の告白《こくはく》を聞いた後輩《こうはい》が、ふと顔をあげると、小豆小僧《あずきこぞう》がひょこひょこと山のおくにもどっていくところだった。

「――もともと、『人をとって食おうか』って歌ってたのも、子どもが岩場に近づくとあぶないから、遠ざけるために、こわがらせようとしてたのよね」

タマモさんは話しおわると、小豆小僧《あずきこぞう》を見てにっこり笑《わら》った。

「そうだったんだ」

ソラは小豆小僧《あずきこぞう》に「ごめんね」とあやまった。

「はじめはこわいと思ってたけど……本当はやさしい妖怪《ようかい》だったのね」

「へへへ……」

小豆小僧《あずきこぞう》は、照《て》れ笑《わら》いをして頭をかいた。

「それで、今日はどうしたの？」

タマモさんが聞くと、

「あ、そうでした」

小豆小僧《あずきこぞう》はちょこんとすわりなおして、

「川がおかしいです」

といった。

数日前から、いつもは元気な川魚が、ぷかぷかとはらを上にしてうかんでいるすがたを、何度か見かけているらしい。

「川の水が、にごってるのかも……」

という小豆小僧《あずきこぞう》の言葉に、ぼくは、工場から出る排水《はいすい》を連想《れんそう》した。

だけど、山の上流に排水《はいすい》が流れているなら、山のてっぺんに工場があるということになる。

「あなたはだいじょうぶなの？」

タマモさんが心配そうに小豆小僧《あずきこぞう》を見つめた。

「ぼくも、なんだか体が重いです」

小豆小僧《あずきこぞう》はそういって、しょんぼりとかたを落とした。

「もしかして……」

ソラがぼくたちの顔を見まわしながらいった。

「マンションを建《た》てたりする工事のえいきょうっていうことはないかな？」

たしかに、ダンプカーやトラックがたくさん走ったせいで、空気が悪くなることはありそうだけど……。

「でも、それで川の水までよごれるかな」

タクミが疑問《ぎもん》を口にすると、ソラは「うーん」と考えて、

「空気中の悪いものが、川の水にとけこんでるとか……」

自信《じしん》なさげにそういった。

ほんとにそんなことが起こるのかはわからないけど、町の開発が関係《かんけい》している可能性《かのうせい》はあるんじゃないかな――ぼくがそう思っていると、

「それやったら、おれらの方が調べやすいかもしれへんな」

と、シンちゃんがいった。

「帰ったら、調べてみます」

シンちゃんの言葉に、

「いいんですか？」

タマモさんが申《もう》し訳《わけ》なさそうにいった。

「はい」

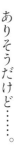

シンちゃんが代表して返事をすると、

「ありがとうございます」

タマモさんが深々《ふかぶか》と頭をさげた。

そのとなりで、キッコと小豆小僧《あずきこぞう》もまねをする。

ぼくたちは身が引きしまる思いで、そのおじぎを受けとめた。


タマモさんたちに見送られて、屋しきを出たぼくたちは、きたときと同じように、紙垂《しで》のついた縄《なわ》をつかんで、神社へともどってきた。

キッコがバス停《てい》まで送ってくれるというので、田んぼに囲《かこ》まれた道をみんなで歩く。

さわさわと田んぼをゆらす風にふかれながら、

「キッコちゃんも、いなりずしは食べたことあるんだよね」

とソラが聞くと、

「ああ、うまかったぞ」

キッコは風で飛《と》びそうな帽子《ぼうし》をおさえながら、なつかしむようにいった。

「わしも、もう一度食べたいなあ」

「なんか、おれも食べたくなってきた」

タクミがいった。

「わたしも」

「おれも」

ソラとシンちゃんもそれに続《つづ》く。

元はといえば、キッコがお母さんを元気づけるために調べはじめたいなりずしだったけど、話を聞いているうちに、ぼくも興味《きょうみ》がわいてきた。

「父さんが、前の店主に聞いてみるっていってたから、なにかわかったら連絡《れんらく》するよ」

ぼくがキッコにそういうと、キッコはまるで人間の子どもみたいに、むじゃきな笑《え》顔《がお》でうなずいた。

家に帰ると、ばあちゃんがみたらしだんごを前にして、お茶を飲んでいた。

「おかえり。お昼ごはんはどうやった？」

「すごくおいしかったよ」

ぼくは向かいにすわると、どんなメニューが出たのかを説明《せつめい》した。そして、

「あのお店って、前はちがう人がやってたんだよね」

と聞いた。

「そうやで」

ばあちゃんは、おだんごをぱくりと食べながらこたえた。

「長谷川《はせがわ》さんっていうご夫婦《ふうふ》が、もう何十年も、あそこでおひさま食堂《しょくどう》をやってはったんや」

「それって、どれくらい前からやってたの？　五十年くらい？」

ぼくがまた聞くと、ばあちゃんは首をひねって、

「どうやろなあ」

といった。

「ばあちゃんがはじめていったのは、三十年くらい前やから、そのころにあったのはまちがいないけどな」

「三十年前？」

父さんが、ちょうどぼくぐらいの年のときだ。

ばあちゃんによると、食堂《しょくどう》のさらに向こうがわに大きな病院があって、そこにじいちゃんの職場《しょくば》の先輩《せんぱい》が入院していたという。

そのときにお見まいにいった帰りに、おひさま食堂《しょくどう》に寄《よ》ったのだそうだ。

「その病院はもうなくなったけどな……。おかしなことが、あんまり続《つづ》くから、かんじゃ者《じゃ》さんがおらんようになって、つぶれたらしい」

「おかしなこと？」

「その知りあいから聞いた話やけど……」

ばあちゃんは、お茶をひと口飲んでから、話しはじめた。

病院《びょういん》の怪談話《かいだんばなし》

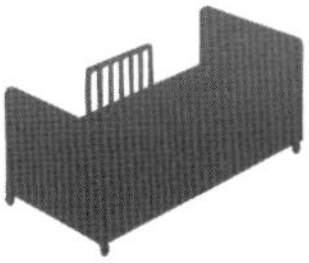

じいちゃんの会社の人は、坂田《さかた》さんっていう男の人で、あんときで六十才《さい》くらいやったかな。

おなかが痛《いた》くなって、病院に運ばれた坂田《さかた》さんは、手術《しゅじゅつ》をうけて、しばらく入院することになったんや。

用意されたんは、四人用の大部屋やったけど、坂田《さかた》さんのほかは同い年くらいの男の人だけ。

そやけど、その人はずっとねてたから、ほとんどひとり部屋みたいなもんやったそうや。

坂田《さかた》さんがたいくつしのぎに折《お》り紙《がみ》を折《お》ってたら、

「それ、なに?」

ベッドのすぐそばから、かわいらしい声がした。

顔を向けると、入院着を着た、七才《さい》か八才《さい》くらいの目がくりっとした男の子が、坂田《さかた》さんの手元をじっと見つめている。

「これは、カメやな」

坂田《さかた》さんは緑の折《お》り紙《がみ》に、最後《さいご》の一折《ひとお》りを加《くわ》えると、男の子にわたした。

「はい、どうぞ」

「え？　くれるん？」

「そんなんでよかったら、持ってかえり」

「ありがとう。お礼にええこと教えたるわ」

「なんやろ」

たいくつしていた坂田《さかた》さんは、身を乗りだした。

「この病院、おばけが出るんやで」

男の子は声をひそめていった。

「なにをゆうてるねん」

坂田《さかた》さんは笑《わら》いとばした。

基本的《きほんてき》に幽霊《ゆうれい》とか妖怪《ようかい》とか、そういう話を信《しん》じへん人やったからな。

「もう何日もここにおるけど、そんなん、一回も見たことないぞ」

坂田《さかた》さんがいうと、男の子は「ほんまやって」と主張《しゅちょう》して、入院していた大学生が体験《たいけん》したという話を語りだした。


大学生のＨ《エイチ》さんの話。

夜中にトイレにいきたくなって、同じ部屋のかん者《じゃ》さんを起こさないように、そっと部屋を出た。

夜の病院は、シーンと静《しず》まりかえっている。

おばけでも出そうやな、と思いながら、暗いろうかを歩いていたＨ《エイチ》さんは、とつぜん背《せ》すじがゾクッとするのを感じて、足を止めた。

まわりを見たけど、もちろんだれもいない。

こわいこわいと思ってるから、そんな気がしたんやろうと、H《エイチ》さんは足をはやめてトイレに向かった。

用を足して、手を洗《あら》おうとしたH《エイチ》さんがふと人の気配《けはい》を感じて顔をあげたら――。

「自分の背中《せなか》に、髪《かみ》の長い女の人が、ぴったりとはりついてるのが、目の前の鏡《かがみ》に映《うつ》ってたんや」

男の子の話を聞いて、坂田《さかた》さんは、ゾクッとした。

幽霊《ゆうれい》は信《しん》じてなかったけど、男の子の話しかたが、よっぽどじょうずやったんやろうな。

それからも、男の子はちょくちょく遊びにきては、病院の怪談《かいだん》を話していった。

「……看護師《かんごし》さんが夜中に見まわりしてたら、カツカツカツと音がするから、なんやろうと思ってふりかえったら、スーツに革靴《かわぐつ》をはいた男の人が歩いていた。

その男の人は、昨日《きのう》、目の前で息を引きとって、最後《さいご》の最後《さいご》まで、会社にいかなあかんってうなされてた人やった……」


「……あるかん者《じゃ》さんがベッドにねてたら、目は覚《さ》めてるんやけど、まぶたは開かへんし、体も動かすことができへん。

もしかして、これが金しばりかと思って、気合をいれてむりやり目を開けたら、すぐ近くで、無表情《むひょうじょう》の看護師《かんごし》さんが、じっと自分を見おろしてたんや。

よう見たら、その人が着てるのは、真っ黒な看護《かんご》服で……」


坂田《さかた》さんのところに男の子がくるようになって、何日かたった。

いつものように、夜中に病棟《びょうとう》を走りまわる血だらけの女の子の話をすると、

「どう？　そろそろ幽霊《ゆうれい》を信《しん》じるようになった？」

男の子はそういって、坂田《さかた》さんの顔をのぞきこんだ。

坂田《さかた》さんは、ほんまは信《しん》じてなかったけど、男の子があんまり熱心《ねっしん》なもんやから、

「そやなあ。おるかもしれへんなあ」

ってゆったそうや。

それを聞いて、男の子はよろこんで帰っていった。

それからまた何日かして、ようやく坂田《さかた》さんの退院《たいいん》が決まった。

「あの子にも、あいさつしとかなあかんな」

坂田《さかた》さんが、退院《たいいん》を教えにきてくれた看護師《かんごし》さんにいうと、

「あの子ってだれですか？」

と聞きかえされた。

「ほら、しょっちゅうここに遊びにきてた、小学生くらいの男の子や」

「小児病棟《しょうにびょうとう》ははなれてるから、こんなところまではきませんよ」

看護師《かんごし》さんは目を丸くしていった。

「それが、しょっちゅうきとったんや。なあ」

ちょうど起きていた、もうひとりの入院かん者《じゃ》に聞くと、

「そんな子、見たことないで」

相手はあっさりとこたえた。

坂田《さかた》さんがあっけにとられていると、相手はさらにこういった。

「ただ、あんたがだれもおらんのに、子どもに話しかけるみたいにひとりでしゃべってるのは、よう見たけどな」


「看護師《かんごし》さんに聞いたら、ずいぶん前に亡《な》くなった男の子に、見た目がそっくりやったそうや」

ばあちゃんはそういって、ゆっくりとお茶を飲んだ。

ぼくはコンビニの話を思いだして、やっぱりあの土地は、霊がたまりやすいのかな、と思った。

たしかに、昔は合戦場《かっせんば》だったみたいだけど、それはキツネの母娘《ははこ》がおはらいしてくれたはずだ。

それとも、何百年も前のことなので、効果《こうか》がうすれてきているのだろうか。

もしなにかよくないことが起こっているのなら、キッコたちのためにも、父さんのお店のためにも、なんとかしないといけないな、と思った。


その日の夜。

ちょうどお風呂《ふろ》から出たところに、父さんが帰ってきた。

「お帰り」

ぼくがパジャマで出むかえると、

「おう、ただいま、リク。今日の試食《ししょく》はどうやった？」

父さんはぼくの頭をくしゃっとなでて聞いた。

「おいしかったよ」

ぼくはすぐにこたえた。

「みんなも、また食べたいって」

「そうかそうか」

父さんはうれしそうに笑《わら》って、食卓《しょくたく》についた。

「そういえば、お店の前の店主さんとは連絡《れんらく》取れたの？」

「ん？　ああ、長谷川《はせがわ》さんか。いや、まだなんだ」

食堂《しょくどう》をやっていたころは、近くに住んでたんだけど、お父さんがあとをついでしばらくすると、引っこしていって、いまは少しはなれた町に住んでいるのだそうだ。

連絡《れんらく》して伝言《でんごん》を残《のこ》しているので、返事待ちの状態《じょうたい》らしい。

「父さんは、昔、あのお店にいったことあるの？」

ぼくはコップに麦茶をいれながら聞いた。

「あるぞ。ちょうどリクぐらいのときやったかな。知りあいのお見まいの帰りに、おいしいお店を見つけたからって、ばあちゃんがわざわざべつの日に連《つ》れていってくれたんや」

それじゃあ、父さんは子どものころにいった食堂《しょくどう》を、大人になってからついだわけだ。

「そのときって、なにを食べたか覚《おぼ》えてる？」

さすがに三十年前のことだから、わすれてるかな、と思ったけど、

「オムライス！」

父さんは即答《そくとう》した。

一年前、お店をつぐという話になって、父さんはひさしぶりに、おひさま食堂《しょくどう》をおとずれた。

そこで、オムライスをひと口食べたしゅんかん、子どものときに食べた味を思いだしたのだそうだ。

「やっぱり、舌《した》のきおくっていうのは、何十年たっても残《のこ》ってるもんやな」

（みんなも、今日食べた料理《りょうり》のことを、ずっと覚《おぼ》えててくれるといいな）

ビールを飲んで、真っ赤になる父さんの顔を見ながら、ぼくはそう思った。

Beer

翌日《よくじつ》の日曜日。

ぼくたちは朝から七節《ななふし》神社の前で集合した。

このあたりで一番古くからある神社なので、もしかしたら、摩布施《まぶせ》の神社や地域《ちいき》の情報《じょうほう》がわかるかもしれないと思ったのだ。

石段《いしだん》をのぼって、鳥居《とりい》の手前でふりかえると、七節《ななふし》の町が見わたせる。

引っこしてきて、まだ一年もたっていないけど、ここがすっかり〈ぼくの町〉になっていた。

ちょうど正面に、七節《ななふし》小学校の白い建物《たてもの》が見える。

あそこに通えるのも、あと九ヶ月くらいなんだな、と思っていると、

「おーい、リク。なにやってるんや」

鳥居《とりい》の向こうで、タクミが大きく手をふっていた。

「ごめん。すぐいく」

いそいで鳥居《とりい》をくぐると、御神木《ごしんぼく》のそばで、白い髪《かみ》をきれいになでつけた神主《かんぬし》さんが、はきそうじをしていた。

「こんにちはー」

家が近所で、小さいころからよく神社に出入りしているタクミが、神主《かんぬし》さんに声をかける。

「おや、いらっしゃい」

神主《かんぬし》さんは、ぼくたちを見て目を細めた。

「みんなそろって、どうしたのかな？」

「ちょっと聞きたいことがあるんですけど……」

ソラの言葉に、神主《かんぬし》さんが首をかしげる。

「聞きたいこと？　なんやろ」

ぼくは一歩前に進みでた。

「摩布施《まぶせ》にある稲荷《いなり》神社を知ってますか？」

「ああ、知ってるよ」

神主《かんぬし》さんはうなずいた。

「そやけど、あそこはもうだいぶ前に、神主《かんぬし》さんが亡《な》くなったんとちがうかな……。あそこが、どうかしたんか？」

「あの……社会の課題《かだい》で、七節町《ななふしちょう》のまわりにある地域《ちいき》の歴史《れきし》を調べていて、ぼくたちは摩布施《まぶせ》の担当《たんとう》なんです」

ちょっと強引かなと思いながらも、ぼくはここにくる前にみんなで考えたいいわけを口にした。

「それで、七節《ななふし》神社なら歴史《れきし》があるから、あのあたりの資料《しりょう》も、なにか残《のこ》ってるんじゃないかなと思って……」

「摩布施《まぶせ》の資料《しりょう》か……もしかしたら、蔵《くら》になんかあるかもしれんな」

神主《かんぬし》さんは、ぼくたちを社務所《しゃむしょ》に連《つ》れていくと、

「ちょっとここで待っててくれるか」

といいのこして、席《せき》を外した。

神主《かんぬし》さんの帰りを待つ間に、ぼくたちはシンちゃんの話を聞いた。

シンちゃんのお父さんは、七節町《ななふしちょう》の町役場に勤《つと》めている。

摩布施《まぶせ》は管《かん》かつではないけど、もし開発のことで大きな問題が起きていたら、うわさぐらいは聞いてるんじゃないかと思って、たしかめてもらったのだ。

だけど、シンちゃんが聞いたかぎりでは、七節町《ななふしちょう》のまわりのどの地域《ちいき》でも、問題は起きていないようだった。

もちろん、みんなが気づかないうちに公害《こうがい》が進んでいた、ということもあるかもしれないけど、いまのところそっち方面の手がかりはなかった。

「お待たせ」

しばらくしてもどってきた神主《かんぬし》さんは、数冊《すうさつ》の古そうな本をかかえていた。

「よいしょっと」

座卓《ざたく》の上に、そっと置《お》かれた本を見て、ぼくはおどろいた。

それは和綴《わと》じだったのだ。

和綴《わと》じというのは、いまみたいに機械《きかい》で製本《せいほん》されたものではなく、ひもだけで綴《と》じられた昔の本のことだ。

「これって、なんの本ですか?」

ソラが興味深《きょうみぶか》そうにのぞきこむ。

「これは、風土記《ふどき》やな」

神主《かんぬし》さんはこたえた。風土記《ふどき》とは、その土地の歴史《れきし》や文化を記録《きろく》したものだ。

「いつの時代のものかは定かやないけど……江戸《えど》時代よりは前やと思う」

当時、七節町《ななふしちょう》と摩布施《まぶせ》は、同じ領主《りょうしゅ》が治《おさ》めていたので、あのあたりのことが記《しる》されたものもまざっているだろう、ということだった。

ちなみに、だれがかいたのかはわからないらしい。

「まあ、こういうのは時間とお金によゆうがないとかけないから、どこかの大店《おおだな》の次

男坊《ぼう》あたりがまとめたんやないかと思うけどね……」

神主《かんぬし》さんはそういいながら、一枚《まい》ずつていねいにめくっていった。

筆でかかれた文章が、文字というよりなにかのもようのように連《つら》なっている。

なんてかいてあるのか、ぜんぜんわからないなと思いながら、横からのぞきこんでいると、気になる単語《たんご》が目にはいった。

ずいぶんくずされてはいるけど、〈小豆《あずき》小僧《こぞう》〉と読める。

「ここには、なにがかいてあるんですか？」

ぼくが指をさして聞くと、神主《かんぬし》さんは本を顔に近づけて、

「えっと……これは、当時、摩布施《まぶせ》に伝《つた》わっていた怪談《かいだん》みたいやね」

といった。

「どんな内容《ないよう》ですか？」

ぼくは重ねてたずねた。

神主《かんぬし》さんは、昔の文字と言葉でかかれた物語を、ぼくたちにもわかるように話してくれた。

山で小豆《あずき》小僧《こぞう》に出あった話

秋も深まったある日のこと。

ひとりの男の子が、親とけんかして家を飛《と》びだした。

弟妹の世話を焼《や》くようにうるさくいわれたのが、しゃくにさわったのだ。

男の子は、親への面《つら》あてに、足をふみいれてはいけないといわれている山にはいっていった。

細い川の流れを逆《ぎゃく》にたどって、どんどん山おくに進んでいく。

やがて、日がかげりだすと、山の中は暗くなり、気温もぐんとさがった。

気がつくと、男の子は、自分がどこにいるのかわからなくなってしまった。

こわいのと心細いのとで、男の子が泣《な》きそうになっていると、どこからかきみょうな音が聞こえてきた。

ショキ、ショキ、ショキ……

木のかげからのぞいてみると、かすりの着物を着た自分と同じくらいの子どもが、ざるを使って川の水で小豆《あずき》をといでいた。

こんな山おくに、自分のほかに子どもがいるとは思っていなかった男の子が、様子をうかがっていると、

「ん？　だれかおるんか？」

こちらに気づいた子どもが、小豆《あずき》をとぐ手を止めた。

男の子がおそるおそる顔を出すと、

「そんなとこで、なにしてるんや」

子どもは少しおどろいたようにいった。

男の子は、家を飛《と》びだしたはいいけど道に迷《まよ》ってしまったのだ、と正直に話した。

「そうか」

子どもは、ふう、と息をつくと、

「わしは小豆小僧《あずきこぞう》や。わしのこと、知ってるか？」

と聞いた。

男の子はうなずいた。

小豆小僧《あずきこぞう》といえば、元は人間の子どもだったといわれている山の妖怪《ようかい》だ。

村の子どもたちはおさないころから、小豆洗《あずきあら》いには近づくなと注意されていた。

だから、どんなにおそろしいばけものかと思っていたけど、目の前にいるのは、村の子どもたちと変《か》わらないすがただった。

（なんや、べつにこわくないやん）

男の子は、ホッとした。

「もうすぐ真っ暗になるから、その前に帰った方がええぞ」

小豆小僧《あずきこぞう》はそういったけど、男の子は首を横にふって、

「いやや」

といった。

「おれもここで暮《く》らしたい」

「あかんよ」

小豆小僧《あずきこぞう》は悲しそうな顔をして、さとすようにいった。

「帰れるところがあるんやったら、帰った方がええ」

「うるさいなあ。おまえも子どもやないか。おれも山で暮《く》らすんや」

男の子が強い口調でいうと、小豆小僧《あずきこぞう》はだまった。

それから、顔をあげてにらむと、

「わしは人間やない。妖怪《ようかい》や。人間が近くにおったら、とって食べたくなるんや」

そういって、ぐわっと口を開けた。
とつぜん、がらりと変《か》わった、そのおそろしい表情《ひょうじょう》に、
「うわっ！」
おどろいた男の子は、悲鳴をあげてにげだそうとした。
ところが、その目の前に、オオカミがあらわれた。
オオカミはうなりながら、いまにも飛《と》びかかりそうに、姿勢《しせい》を低《ひく》くしている。
前にはオオカミ、後ろにはもののけ。
男の子が、その場にこしをぬかしそうになっていると、

バラッ……バラバラッ……

小豆小僧《あずきこぞう》が、オオカミに向かって、いきおいよく小豆《あずき》をまいた。
オオカミはそれをかわして、男の子におそいかかろうとした。
ところが、あたり一面の小豆《あずき》をふんで、足をすべらせ、岩場から落ちていった。

男の子がふりかえると、小豆小僧《あずきこぞう》は、

「あっちへいけ」

というように、小豆《あずき》を投げて、そのますがたを消してしまった。


男の子が川をたどって山をおりたときには、あたりは真っ暗だった。

家に帰ると、男の子は母親の胸《むね》に飛《と》びこんで、わんわんと泣《な》きだした。

「勝手に家を出てごめんなさい」

「心配してたんやで。どこにいってたんや」

母親に聞かれて、男の子は、

「山にいって、小豆小僧《あずきこぞう》に会った」

といった。

「小豆小僧《あずきこぞう》」

母親はびっくりして、目を見開いた。

「だいじょうぶか。頭をかじられんかったか？」

「あいつは、そんなことはせえへんよ。オオカミから助けてくれたんや」

つぎの日、男の子は母親といっしょに山の入り口までくると、お礼に新しいざるを置《お》いていった。

しばらくしてから見にいくと、ざるはなくなって、ひとつかみほどの小豆《あずき》が残《のこ》されていたそうだ。


神主《かんぬし》さんが話しおえると、ぼくたちは顔を見あわせた。

小豆《あずき》小僧《こぞう》というのは、きっとあの子のことだろう。

「やっぱり、やさしい子なんだね」

ソラが小さな声で感想を口にして、ぼくたちはうなずいた。

「ん？　どうした？」

神主《かんぬし》さんが不思議《ふしぎ》そうにぼくたちを見る。

「あ、なんでもありません」

ぼくは顔の前で大きく手をふると、

「こっちはどんな話なんですか？」

たまたま目にはいった、つぎのページを指さした。

字は読めなかったけど、人の生首のようなさし絵が気になったのだ。

「これも、怪談《かいだん》みたいやな」

神主《かんぬし》さんは、さっきと同じように、現代《げんだい》風にほん訳《やく》しながら読んでくれた。

首のかげ

ある旅人が、峠《とうげ》をこえようと山道を歩いていると、どこからか、にぎやかな話し声

が聞こえてきた。

気になってのぞいてみると、満開《まんかい》になった桜《さくら》の木の下でえんかいが開かれている。

「そこのおかた、よかったら、ごいっしょにいかがですか？」

酒で顔を真っ赤にした男が、とっくりを手に、旅人を手招《てまね》きした。

ほかの人たちも、かんげいするように手をたたいている。

「それでは、失礼《しつれい》して……」

旅人は輪《わ》の中にはいると、酒を飲み、つまみを食べた。

山からおりてきた風に、花びらが舞《ま》いちる。

桜色《さくらいろ》にそまった視界《しかい》に気持ちよく酒を飲んでいると、だんだんねむくなってきた。

「ふあ……あぁ……」

招《まね》かれた酒席《しゅせき》でねむそうにするのは申《もう》し訳《わけ》ないと、あくびをかみころしていたが、どうにもがまんができない。

輪《わ》からはなれて、ごろりと横になったとたん、まわりにいた者たちが、いっせいに飛《と》びかかってきた。

しかも、全員が首や頭をめがけて、かみついてくる。

旅人は、パッとはねおきると、かたわらに落ちていた太い木の枝《えだ》をつかんで、向かってくる者たちをつぎつぎとたたきのめした。

じつはこの旅人、都では負けなしの有名なさむらいで、あちこちのとのさまから仕《し》官《かん》の話があったのだが、争《あらそ》いごとにいや気《け》がさしてにげるように旅をしていたのだ。

打ちすえられた者たちは、どういうわけか消えてしまい、あとにはしゃれこうべだけが残《のこ》った。

さては化生《けしょう》のものであったかと思っていると、はじめに声をかけた男が、後ろからがぶりとかみついてきた。

旅人はよけきることができず、頭にかすり傷《きず》を負ってしまう。

それでも、顔色ひとつ変《か》えずに枝《えだ》を構《かま》える旅人に対して、男のすがたをした化生《けしょう》のものはヒヒッと笑《わら》い、

「おまえの首はいただいたぞ」

そういうと、山の中へとすばやくにげていった。

だれもいなくなった桜《さくら》の下で、旅人はペチンと自分の首をたたき、

「なにをいっているのか。おれの首はここにあるぞ」

とつぶやくと、山をおりた。


山からやってきた旅人を見て、村人たちはおどろいた。

最近《さいきん》、もののけが出るので、みな山にはいれず困《こま》っていたのだ。

旅人が、化生《けしょう》を打ちたおした話をすると、村人たちはほめたたえたが、寺の住職《じゅうしょく》だけはしぶい顔をして、

「かげをごらんなさい」

といった。

旅人が足元に目をやると、自分のかげに、首がない。

「やつらは、先の戦《たたか》いで首を切られた武将《ぶしょう》の霊《れい》でしょう」

住職《じゅうしょく》はいった。

「そのときの無念《むねん》の思いが、しゃれこうべにやどり、通りかかる者の首をねらってい

るのです。ところが、あなたが強すぎて、首をかじれないと
さとったため、首のかげをうばっていったのでしょう」
それを聞いて、旅人はハッハッハとごうかいに笑《わら》った。
「首のかげがなかったところで、
困《こま》ることはあるまい」

しかし、住職《じゅうしょく》は青い顔で首をふった。

「いけません。このままでは、あなたは遠からず命をすいとられて死んでしまいます」

住職《じゅうしょく》がいうには、首を取りかえさなければ、一昼夜もしないうちに、たましいを取られてしまうらしい。

「どうすればいい」

旅人が聞くと、住職《じゅうしょく》は、

「首のかげをうばった者のかげを切ればよいでしょう」

といった。

そこで旅人は、その日の夜、住職《じゅうしょく》から寺に伝《つた》わるという刀を借《か》りると、酒を手にして山をのぼった。

桜《さくら》の木の下で、旅人がひとり酒盛《さかも》りをしていると、酒のにおいにさそわれて、昼間の男が近づいてきた。

月明かりに照《て》らされた男のかげには、首がふたつならんでいる。

相手がじゅうぶんに近づいたところで、旅人は刀をぬいてふりおろした。

男のかげから、旅人の頭だけがごろんと落ちて、ころころと転がると、旅人のかげにもどってきた。

にげようとする男のかげを、旅人が刀でまっぷたつにすると、

「無念《むねん》……」

男はそういって、ぱたりとたおれた。

旅人の目の前で、男の体はとけるように消えてなくなり、あとにはしゃれこうべだけが残《のこ》っていたということだ。

神主《かんぬし》さんは、

「たぶん、合戦《かっせん》で亡《な》くなった武士《ぶし》の骨《ほね》が、そのままになってたんやろうな」

そういって、本を閉《と》じようとした。

怪談《かいだん》はおもしろかったけど、摩布施《まぶせ》の情報《じょうほう》はとくになかったな、と思っていると、

「ちょっと待ってください」

ソラが手をのばして、本のはしを指さした。

「これって、キツネですか？」

「え？」

神主《かんぬし》さんは手を止めて、本を開きなおした。

ぼくたちが本をのぞきこむと、たしかに見開きの左下に、キツネの絵が小さくかかれている。

それはちょうど、稲荷《いなり》神社の石像《せきぞう》のように、ちょこんとすわったキツネのすがただった。

「ん？　まだ続《つづ》きがあったみたいやな」

神主《かんぬし》さんは話の先を読みはじめた。


旅人が月見酒を楽しんで山をおりると、住職《じゅうしょく》が出むかえた。

「よくご無事《ぶじ》でしたな」

「この刀のおかげだ」

旅人はそういって、刀を返した。

住職《じゅうしょく》によると、この地は合戦《かっせん》で多くの血が流れたため、無念《むねん》の思いやうらみなど、よくない念《ねん》がたまっているらしい。

かつて、山伏《やまぶし》の元をおとずれたキツネの母娘《ははこ》がはらってくれたのだが、最近《さいきん》になって、その効果《こうか》がだんだんうすれてきている。

なんとかならないものかという住職《じゅうしょく》に、旅人は知りあいの、大変《たいへん》に徳《とく》の高い僧侶《そうりょ》を紹介《しょうかい》した。

住職《じゅうしょく》はこの僧侶《そうりょ》と、こちらも旅人に紹介《しょうかい》してもらったうでのいい職人《しょくにん》の協力《きょうりょく》を得《え》て、キツネの石像《せきぞう》をつくり、この土地を囲《かこ》むようにして、ある場所ではまつり、ある場所ではうめた。

それ以来《いらい》、この地ではおかしなことは起こらなくなったということだ。

「どうやら、キツネの石像《せきぞう》を守り神にしたみたいやな」

神主《かんぬし》さんがそういってつぎのページをめくると、地図が出てきた。

地図といっても昔のものなので、山や川、大きな岩や大木などがかかれただけの、ごくかんたんな地図だったが、その四すみに、小さなキツネの絵があった。

どうやら、この四か所にキツネの石像《せきぞう》を配置《はいち》することで、よくない〝気〟をおさえこんだようだ。

もしかしたら、これらの石像《せきぞう》に、なにかあったのかもしれない。

とりあえず、タマモさんに見せて相談するため、神主《かんぬし》さんの許可《きょか》をもらって、シンちゃんが文章と地図をキッズスマホで写真にとると、ぼくたちはお礼をいって、神社をあとにした。

家に帰ってお昼ごはんを食べると、ぼくたちはもう一度集合して、バスで摩布施《まぶせ》に向かった。

神社に着くと、キッコは昨日《きのう》と同じ石のベンチで、足をぶらぶらしながら待っていた。

「きてくれたのか」

ぼくたちのすがたを見て、パッと立ちあがるキッコに、

「あたりまえやろ」

シンちゃんが笑《わら》っていった。

「約束《やくそく》したやんか」

それを聞いて、不安《ふあん》そうだったキッコが笑顔《えがお》になる。

ぼくたちは前回と同じように、あの紙垂《しで》のついた縄《なわ》をつかむと、キッコの先導《せんどう》で結界《けっかい》を通りぬけた。

「着いたぞ」

キッコの言葉に縄《なわ》から手をはなしたとき、目の前に急に大きなかべがあらわれて、視界《しかい》が暗くなった。

え？　と思って顔をあげると、

「おい、キッコ。なにをしている」

地面をふるわすような声が、頭の上から降《ふ》ってきた。

よく見ると、それはかべではなくて、大きな体だった。

身長は、五メートル以上《いじょう》はあるだろうか。

まるでビルのような巨体《きょたい》に、かっ色《しょく》の上半身は筋肉《きんにく》が盛《も》りあがり、こしには布《ぬの》を巻《ま》いている。

髪《かみ》の毛はなくて、ぎょろりとした目で、ぼくたちを見おろしていた。

ぼくたちが声もなく見あげていると、

「だいだら、じゃま」

キッコが不きげんな声でいった。

「どいて」

「結界《けっかい》の中に、人間をいれるな」

だいだらと呼《よ》ばれたその妖怪《ようかい》は、おこった顔でいった。

「おきて破《やぶ》りだ」

「そんなおきて、だれが決めた」

キッコがいいかえす。

「彼《かれ》らのことは、母《かあ》さまも認《みと》めてる」

「タマモどのは、なにを考えているのだ」

だいだらのあきれたような口調に、キッコの気配《けはい》が変《か》わった。

「母《かあ》さまを悪くいうな」

見た目は小さな女の子だけど、はくりょくだけなら、巨大《きょだい》なだいだらにひけをとらない。

一触即発《いっしょくそくはつ》のふんいきに、口を出せずにいると、

「いこう」

キッコはだいだらの足元を、どうどうと通りすぎていった。

ぼくたちも、真上からにらまれているのを感じながら、足ばやについていく。

家に到着《とうちゃく》して、昨日《きのう》と同じ客間で、ホッと息をついていると、タマモさんがあらわれて、頭をさげた。

「うちのものが、失礼《しつれい》をいたしました」

「それはべつにいいんですけど……」

ぼくは手と首を同時にふって聞いた。

「ぼくたちがここにきても、だいじょうぶなんですか？」

「たしかに、人間と協力《きょうりょく》することに反対するものもいます」

タマモさんはため息をついた。

さっきの巨大《きょだい》な妖怪《ようかい》は、だいだらぼっちといって、本当はもっと大きいらしい。

あれでも、だいぶ体を縮《ちぢ》めているのだそうだ。

「わたしたちの仲間《なかま》には、人間をきらっているものも少なくありませんから」

「それは、なにか理由があるんですか？」

タクミが聞いた。

たしかに人間は、山や森を切りひらいて妖怪《ようかい》たちの住む場所をうばっているけど、さっきのだいだらの態度《たいど》には、それだけではないなにかが感じられた。

タマモさんは、少しためらうようなそぶりを見せると、

「わたしたち摩布施《まぶせ》の妖怪《ようかい》と人間との間には、根深い対立があるのです」

悲しそうに目をふせて、語りはじめた。

神社の石碑《せきひ》で由来を見たように、この土地にはもともと合戦場《かっせんば》があって、多くの血が流れたことから、のろわれた土地になってしまった。

その結果《けっか》、作物は育たなくなり、人間より自然《しぜん》に近いところで暮《く》らしている妖怪《ようかい》たちも、体調が悪くなったりして、住みづらくなった。

その原因《げんいん》は、人間のおこした争《あらそ》いごとにあるのに、かつて人間は、「この地が荒《あ》れているのは、妖怪《ようかい》のせいだ」と決めつけ、山のものをいけにえにして、のろいをしずめようとしたというのだ。

「そんな……」

ソラが口に手をあてて絶句《ぜっく》した。

ぼくも信《しん》じられなかった。

人間のせいで土地が乱《みだ》れたのに、それを妖怪《ようかい》のせいにしたうえ、いけにえにしようとするなんて……。

「それで、どうなったんですか？」

タクミがおこった顔で聞いた。

「もともと、そういうことをいいだしたのは、一部のえらい人たちでね。神主《かんぬし》さんやお坊《ぼう》さんをはじめ、この地に長く住む人たちが反対したことで、実行はされなかったの」

それを聞いて、ぼくは安心した。

だけど、いままでもそのときのことをうらんで、人間を疑《うたが》ったり、きらっているものは多いらしい。

しかたないとは思うけど、できれば仲《なか》よくしたかった。

「――それで、なにかわかりましたか？」

タマモさんが、重たいふんいきをふりはらうようにいった。

「それなんですけど……」

シンちゃんが、リュックから折《お》りたたんだ紙を取りだして、座卓《ざたく》に広げた。

スマホにとった地図を、大きく印刷《いんさつ》したものだ。

「これは……？」

タマモさんとキッコが顔を寄《よ》せあってのぞきこむ。

「たぶん、数百年前の、このあたりの地図だと思います」

シンちゃんは、これが七節《ななふし》神社の蔵《くら》に保管《ほかん》されていた、昔の本にのっていたことや、弱まってきた結界《けっかい》を、キツネの形をした石像《せきぞう》で補強《ほきょう》したとかかれていたことを話した。

「それで、この印《しるし》があるところに石像《せきぞう》があるんじゃないかと思うんですけど……」

長年にわたってのろいをおさえてきた石像《せきぞう》に限界《げんかい》がきて、結界《けっかい》が弱まったことで、タマモさんや山の妖怪《ようかい》たちが体調をくずしているのではないか、というのが、ぼくたちの推理《すいり》だった。

「これが、現在《げんざい》の地図です」

シンちゃんは、となりにもう一枚《まい》、同じ大きさに拡大《かくだい》した最新《さいしん》の地図を置《お》いた。

昔の地図には、山や川のような大きな地形以外《いがい》は、石像《せきぞう》の場所とその目印《めじるし》くらいしかかかれていないので、いまのものと見比《みくら》べても、どこがどこなのかわからない。

ただ、その中でひとつだけ、はっきりとわかるものがあった。

「これは、この神社ですよね」

シンちゃんが、両方の地図の左下にある、鳥居《とりい》のマークを指さした。

タマモさんがうなずく。

つまり、キツネの石像《せきぞう》の一体は、この神社にあるわけだ。

あとの目印《めじるし》は、左上が大きな岩で、右上がまっすぐな木、そして右下が花びらの絵

だった。

どれも、いまの地図にはのっていない。

だいたいの場所でさがすしかないのかな、と思っていると、

「こんにちはー」

げんかんから元気な声が聞こえてきた。

キッコが出むかえにいく。

部屋にはいってきた小豆小僧《あずきこぞう》は、

「それはなんだ」

といって、地図の前にすわった。

ぼくは事情《じじょう》をかんたんに説明《せつめい》して、

「ここがどこなのか、さがしてるんだ」

そういいながら花びらを指さすと、小豆小僧《あずきこぞう》はひと目見て、

「葉島《はじま》の大桜《おおざくら》かな？」

と首をかしげた。

「葉島《はじま》の大桜《おおざくら》?」

ぼくは聞きかえした。

「知ってるの?」

「ああ。山の中にあるでっかい桜《さくら》や」

小豆小僧《あずきこぞう》によると、七節町《ななふしちょう》との間にある葉島山《はじまやま》に、大きくて古い桜《さくら》の木があって、春になると見事な花をさかせるらしい。

そういえば、七節《ななふし》神社で聞いた『首のかげ』の中に、桜《さくら》の出てくる場面があった。

もしかしたら、あの桜《さくら》なのかもしれない。

「それって、場所はわかる?」

タクミがいまの地図を小豆小僧《あずきこぞう》の前に出すと、

「えっと……このへんかな」

右下にある山のてっぺん近くを指さした。

昔の地図と照《て》らしあわせると、方角ときょりはかなり正確《せいかく》だ。

「どうやら、それぞれの石像《せきぞう》の状態《じょうたい》を調べてみるのがよさそうですね」

タマモさんはそういって、それから目をふせた。

「ただ、山のものたちの不調《ふちょう》は深刻《しんこく》で、キッコや小豆小僧《あずきこぞう》のような子どもをのぞけば、動けるものは多くありません。たよりっぱなしで心苦しいのですが、みなさんにも手伝《てつだ》っていただけませんか?」

しんけんな顔で、深々《ふかぶか》と頭をさげるタマモさんに、

「そんなの、だめですよ」

ソラが首をふった。

「そうですか……」

がっかりするタマモさんの前で、ソラはにっこり笑《わら》って続《つづ》けた。

「手伝《てつだ》うんじゃなくて、いっしょにやるんです」

ソラの言葉に、タマモさんだけではなく、みんなが笑顔《えがお》になった。

「――じゃあ、さっそく分担《ぶんたん》を決めよか」

シンちゃんが身を乗りだす。

まず、神社の石像《せきぞう》は近くなので、調子があまりよくないタマモさんにお願《ねが》いすることにした。
鳥居《とりい》のそばで対《つい》になっている石像《せきぞう》がそれという可能性《かのうせい》もあるけど、いちおう境内《けいだい》をさがしてもらう。
キッコと小豆《あずき》小僧《こぞう》は、人目《ひとめ》につかない方がいいので、山のおくにある桜《さくら》を担当《たんとう》してもらった。
あとは、四人でじゃんけんして、いきたいところを選《えら》んだ結果《けっか》、ぼくとソラがまっすぐな木、タクミとシンちゃんが大きな岩のある場所に向かうことに決まった。

ぼくたちは神社を出て、キッコたちとわかれると、七節町《ななふしちょう》とは反対方向のバスに乗った。

窓《まど》から外の景色《けしき》をながめていたら、神社からはなれるにつれて、田んぼが減《へ》って建物《たてもの》が増《ふ》えていくのがわかる。

「案山子《かかし》がいないね」

窓際《まどぎわ》の席《せき》でほおづえをついていたソラが、ぽつりといった。

たしかに、いわれてみれば、田んぼはあるのに案山子《かかし》のすがたが見あたらない。

「鳥たちがあまりいないからかな?」

ぼくはいった。

町の中心に近づくにつれて人も多くなるだろうから、その分、鳥が少なくなるのかもしれない。

こっちにいたら、太郎《たろう》はもっとさびしかっただろうな、と思っているうちに、バスは速度を落として図書館前のバス停《てい》にとまった。

タクミとシンちゃんがおりる。

それからしばらく走った先で、ぼくとソラもバスをおりた。

地図の通りなら、ここから木のイラストまでは、歩いて五分くらいのはずだ。

「もし結界《けっかい》が破《やぶ》れちゃってたら、キッコちゃんたちだけじゃなく、ここに住んでる人たちにもえいきょうがあるのかな」

地図を片手《かたて》に歩きながら、ソラがいった。

「どうだろう」

と、こたえながらも、そもそも人間同士《どうし》の争《あらそ》いが原因《げんいん》なのだから、人にえいきょうがないわけないよな、と思っていると、道の先に、二十階はありそうな大きなマンションが何棟《なんとう》も見えてきた。

「リク」

ソラが青い顔で立ちどまる。

「どうしたの？」

「これ……」

ソラが地図を指さした。

それを見て、ぼくも血の気が引くのを感じた。

木のイラストがかかれている地点――そこはまさに、目の前のマンションが建《た》っている場所だったのだ。


「ふう……」

マンションに囲《かこ》まれた児童《じどう》公園のベンチにこしをおろして、ぼくはため息をついた。

イラストのあたりをしばらく歩いてみたけど、目にはいるのは道にそって整然《せいぜん》とならんだ、同じ高さの街路樹《がいろじゅ》ばかりで、イラストにあるような木は見つからなかった。

「なかったね」

ソラもかたを落とす。

そこにちょうど、しば犬《いぬ》を散歩《さんぽ》させていたおじいさんが通りかかったので、ぼくは立ちあがって声をかけた。

「あの……このあたりに、目印《めじるし》になるような、大きな木ってありませんか？」

「大きな木？」

おじいさんは、ちょっと首をひねると、

「去年まではあったんやけどな……」

といった。

おじいさんによると、このあたりにはもともともっと広い公園があって、一部が森のようになっていた。

その中心に、幹《みき》のまわりが何メートルもある、まっすぐで大きな木があったのだそうだ。

だけど、開発が進んだことで、マンションを建《た》てるときに、公園もつくりなおされてしまった。

「そやから、あんときに切られたんとちがうかな」

「その木があった場所って、この公園になったんですか？」

それなら、もしかしたらまだどこかにうまってるかも、と思ったんだけど、

「いや、たぶんあのあたりやなかったかな」

おじいさんはそういって、建設《けんせつ》中のマンションに目を向けた。

ぼくたちは、おじいさんにお礼をいってわかれると、みんなに報告《ほうこく》するために、バス停《てい》へと向かった。

神社にもどると、みんなは本殿《ほんでん》に集まっていた。

ふつう、神社で参拝《さんぱい》するのは拝殿《はいでん》とよばれる建物《たてもの》で、本殿《ほんでん》には御神体《ごしんたい》がまつられている。

ここの御神体《ごしんたい》である金色のキツネ像《ぞう》を前にして、タマモさんは一体のキツネの石像《せきぞう》をたたみの上に置《お》いた。

高さは二十センチくらいで、イラストと同じ顔をしている。

大きなつぼにはいった状態《じょうたい》で、鳥居《とりい》の下にうめられていたらしい。

それを見て、キッコがはしゃいだ声で、

「こっちにも、それとおんなじやつがあったぞ」

といった。

小豆小僧《あずきこぞう》が話していた桜《さくら》の木の根元に、やっぱりつぼにはいってうまっていたんだけど、あちこちひびだらけで、持ちかえるとわれてしまいそうだったので、そっと元の場所にもどしてきたのだそうだ。

続《つづ》いてぼくたちが、目印《めじるし》の木は去年切りたおされ、マンションの工事がはじまっていたことを説明《せつめい》した。そして。石像《せきぞう》はたぶん基礎《きそ》工事のときにこわされたか、土といっしょにほりかえされて、どこかに運ばれてしまったと思う、と話した。

タクミとシンちゃんが向かった大岩も、やっぱり去年撤去《てっきょ》されていて、公民館《こうみんかん》を建設《けんせつ》中だった。

報告《ほうこく》が一じゅんすると、ちんもくがおりた。

けっきょく、四か所のうち無事《ぶじ》なのは一体だけで、一体にはひびがはいり、あとの二体は見つけられなかったのだ。

時期も合っているし、みんなの体調が悪いのも、石像《せきぞう》がなくなって、結界《けっかい》が破《やぶ》れかけているせいにちがいない。

「なんとかならないかな」

タクミが顔をしかめていった。

「たぶん、もう一度、石像《せきぞう》をつくるしかないと思います」

タマモさんは、険《けわ》しい顔で口を開いた。

「ただ、そのためには、前につくられたときと同じくらい徳《とく》の高い僧侶《そうりょ》と、特別《とくべつ》な修《しゅ》行《ぎょう》をした職人《しょくにん》さんがいないと……」

そのしぼりだすような声に、ぼくたちはだまりこんだ。

とにかく、昔の記録《きろく》をもう一度調べてみようということで、今日のところは解散《かいさん》することになった。

かたを落として帰ろうとすると、鳥居《とりい》のわきにだいだらが立っている。

「見てみろ。だから人間なんか、信用《しんよう》できないんだ」

だいだらはいかりにふるえた声でいった。

「やめなさい。彼《かれ》らのせいではないでしょう」

タマモさんが弁護《べんご》してくれるけど、ぼくたちは顔をあげて、だいだらの顔を見かえすことができなかった。

週が明けて、月曜日の放課後《ほうかご》。

学校が終わると、ぼくたちはいったん家に帰ってランドセルを置《お》いてから、月森川《つきもりがわ》の土手に集合した。

おだやかな川の流れをながめながら、上流に向かって歩いていく。

やがて、人気《ひとけ》がなくなったところで川原におりると、タクミがそのへんにある草をちぎって、草笛をふいた。

ピーーーーッ

青空にかん高い音がひびきわたって、しばらくすると、ガサガサガサと草をゆらしながら、全身緑色の生きものがあらわれた。

身長は一メートルくらいで、背中《せなか》には大きなこうら。長い手足に黄色いくちばし、ギザギザの髪《かみ》の真ん中には、お皿がのっている。

河童《かっぱ》のギィだ。

怪談《かいだん》が大好《だいす》きという、ちょっと変《か》わり者の河童《かっぱ》で、去年の秋に、ある事件《じけん》がきっかけで仲《なか》よくなった。

ギィはぼくたちを見て、あれ？　というように首をかしげた。

「みんな、深刻《しんこく》な顔して、どないしたんや？」

「今日は、ギィに相談したいことがあってきたんや」

シンちゃんがしんけんな顔で、摩布施《まぶせ》の話を切りだした。

ギィはだまって耳をかたむけていたけど、最後《さいご》まで聞きおわると、

「だいだらか……」

と、苦笑《にがわら》いをうかべた。

Creopl

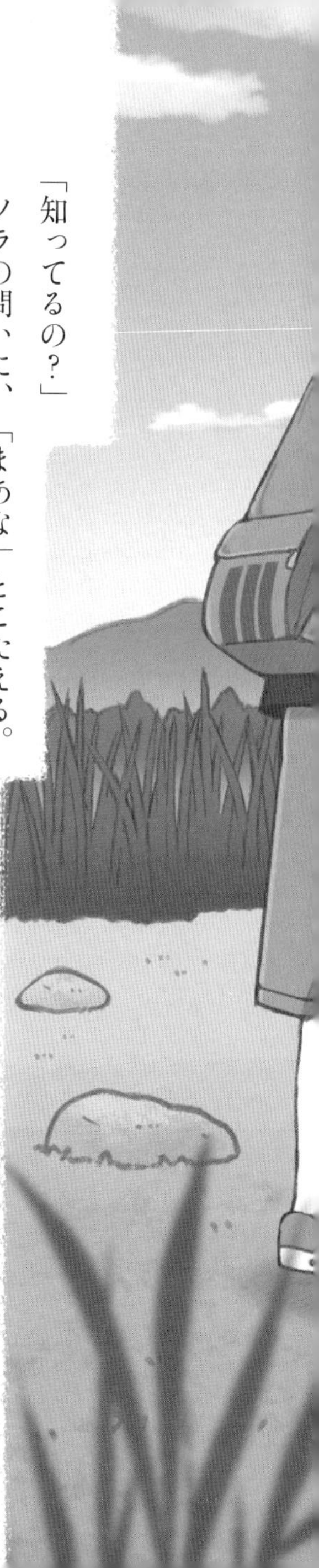

「知ってるの？」

ソラの問いに、「まあな」とこたえる。

「あいつも、悪いやつやないんやけど、へんくつで、まじめすぎるところがあるからな……」

「どうすればいいと思う？」

ぼくがギィの意見を聞くと、

「石像《せきぞう》をなんとか用意するしかないやろうけど……徳《とく》の高い坊《ぼう》さんは見つかっても、職人《しょくにん》はむずかしいかもしれへんな」

ギィはうでを組んで、きびしい顔をした。

結界《けっかい》の要《かなめ》になるような石像《せきぞう》をつくることができる石工職人《せっこうしょくにん》となると、長く生きているギィでも、会ったことがないらしい。

かげふみの友だち

「それより、そんな本があったんやったら、なんかおもしろい話はのってなかったか？」

目をかがやかせるギィに、ぼくは『首のかげ』の話をした。

ギィは感心した様子で聞いていたけど、

「そういえば、この間、川原で似《に》たような話をしてたやつがおったな」

といいだした。

「川原で？　だれが？」

ソラが目を丸くする。

「草むらにかくれてひるねをしてたら、近くにおまえらぐらいの子どもが集まってきて、つりをはじめてな。その中のひとりが、友だちにしゃべってるのを耳にしたんや」

ギィはそういうと、そのときの怪談《かいだん》を話しはじめた。

ある日の放課後《ほうかご》のこと。

小学五年生のユウタは、友だちと校庭でかげふみをして遊んでいた。

かげふみは、相手の体にタッチをするかわりに、かげをふんだら鬼《おに》が交代する遊びだ。

校庭中を走りまわって、あと少しで友だちのかげがふめそうというところで、ユウタは大きく足をのばした。

かげをふまれる寸前《すんぜん》で、その子がひょいっとにげる。

ところが、どういうわけか、友だちのかげがにげたあとに、だれのものでもないかげが残《のこ》っていた。

スカートをはいているから、女の子だろうか。

いきおいのついたユウタが、そのまま女の子のかげの足首あたりを思いきりふむと、

「痛《いた》い！」

かげが悲鳴をあげた。

え？　と思ってあたりを見まわすけど、近くにはだれもいない。

かげはまるで足をひきずるみたいにしながら、校舎《こうしゃ》のかげの中へとすがたを消した。


その日の夜。

ユウタが塾《じゅく》の帰りに学校の前を通りかかると、月明かりの下、だれもいない校庭で、子どものかげだけが、いくつも走りまわっていた。

かげのかげふみだ。

その様子を見ているうちに、少し足を引きずっているかげが、何度も鬼《おに》につかまっていることに気づいて、ユウタは、おや？　と思った。

よく見ると、昼間のかげと同じ服装《ふくそう》をしている。

もしかして、ユウタがふんだせいで、足を痛《いた》めてしまったのだろうか。

悪いことをしたな、と思ったユウタは、つぎの日、学校に湿布《しっぷ》と一足のスニーカーを持っていった。

そのスニーカーは、はくだけで足がはやくなるという最新型《さいしんがた》だが、ユウタにはサイズが小さくなったので捨《す》てようとしていたものだ。

放課後《ほうかご》、家に帰る前に、ユウタはそのふたつを、そっと校庭のすみに置《お》いた。


夜になると、ユウタはこっそりと家をぬけだして、自転車で学校にいった。

すると、校庭では昨日《きのう》と同じように、かげ同士《どうし》が鬼《おに》ごっこをしていた。あの女の子のかげも、今夜は軽やかに走りまわっている。

よかったな、と思って、自転車で家に帰ろうとすると、街灯《がいとう》の下を通るたびに、女の子のかげがとなりにならんで走っているのがわかる。

しばらくして、交差点《こうさてん》の赤信号《あかしんごう》でユウタが止まると、

「ありがとう」

という声を残《のこ》して、かげは学校へともどっていった。

「――つぎの日、スニーカーと湿布《しっぷ》を持ってかえろうとしたら、どっちにもかげがなかったんや」

男の子は、そんな風に話をしめくくったそうだ。

いっしょにいた友だちは「うそつけ」とか「かげがしゃべるわけないやろ」とつっこんでいたらしいけど、

「わしはほんまやと思う」

ギィは自信《じしん》のある態度《たいど》でいいきった。

「つりにきとったのは、男子三人やったけど、スカートをはいたかげがひとつ、その三人のそばを走りまわってたからな」

ぼくは思わず、自分たちの足元に目を向けた。

見たところ、人数とかげの数は合っているみたいだ。

「ほかには、どんな話があったんや？」

ギィは当初《とうしょ》の目的《もくてき》をすっかりわすれて、怪談《かいだん》に夢中《むちゅう》になっていた。

「なにがあったかな……」

シンちゃんが、本のページをとった写真を、スマホでつぎつぎと表示《ひょうじ》していく。

ギィはそれを横からのぞきこんでいたけど、とちゅうで、

「ん？　さっきの絵を、もっかい見せてくれるか？」

と声をあげた。

絵というのは、写真のことだろう。シンちゃんが一枚《まい》ずつ写真をもどしていくと、

「おう、これやこれや」

ギィが画面を指さした。

「どうしたの？」

ぼくはギィに声をかけて、写真を見た。

見開きの右がわには、石像《せきぞう》の場所を示《しめ》す地図がのったページが、左がわには摩布施《まぶせ》で春と秋におこなわれるお祭りについてかかれたページが写っている。

「ここ、なんかおかしないか？」

ギィはそういって、写真の真ん中を指さした。

「どこ？」

シンちゃんがスマホの写真を指で拡大《かくだい》する。

「ほら、ここや。破《やぶ》れてるやろ」

ギィはそういって、画面の真ん中を指さした。

たしかに、ページのおくにちぎりとったようなギザギザが見える。

ということは、地図のあとに、まだべつのページがあったということだ。

もしかしたら、そこになにかヒントがかかれていたのかもしれない。

何度もみんなでおしかけるのは悪いので、あとで家が近いタクミに、神社に寄《よ》ってもらうことになった。

「どうや。河童《かっぱ》の目は、すごいやろ」

ギィが胸《むね》を張《は》って、じまんするようにいった。

だいだらとも、いつかこんな風に、楽しくおしゃべりができるくらい仲《なか》よくなれたらいいな――遠くにそびえる天河山《てんかわやま》を見あげながら、ぼくはそう願《ねが》った。


その日の夜。仕事から帰ってきた父さんが、

「長谷川《はせがわ》さんから、連絡《れんらく》があったぞ」

と教えてくれた。

長谷川《はせがわ》さんによると、去年の秋ごろからおくさんの体調が悪くなって、入退院《にゅうたいいん》をくりかえしていたせいで、お祭りのときもいなりずしがつくれなかったのだそうだ。最近《さいきん》になって、ようやくおくさんの体調が落ちついてきたので、今年の秋のお祭りには奉納《ほうのう》しようと思っていたところに、父さんが連絡《れんらく》をしたらしい。

「それで、来年からのことも考えて、週末《しゅうまつ》に食堂《しょくどう》で、いなりずしのつくりかたを教わることになったんや」

「ほんと?」

さっそくキッコにも教えないと、と思っていると、

「リク、電話よ。タクミくんから」

母さんがぼくを呼《よ》んだ。

電話に出ると、タクミは興奮《こうふん》した口調で、

「あの本が、もう一冊《さつ》あるかもしれへんぞ」

といった。

川原でわかれたあと、タクミは神社をたずねて、もう一度あの本を見せてもらった。地図のつぎのページは、やっぱり破《やぶ》れていたけど、神主《かんぬし》さんによると、当時、写本がつくられた記録《きろく》が残《のこ》っていたようだ。

写本というのは、いまみたいな印刷技術《いんさつぎじゅつ》がなかった時代に、本の内容《ないよう》をすべて手がきで写しとったコピー本《ぼん》のことだ。

「その写本が、いまどこにあるんか、神主《かんぬし》さんが調べてくれるそうや」

タクミが報告《ほうこく》を終えると、今度はぼくが、いま父さんから聞いたばかりの話をした。

「ほんまか」

タクミははずんだ声でいった。

「それを食べたら、キッコのお母さんも、少しは元気になるかもしれへんな」

石像《せきぞう》が見つからなかったときは、もうこれでだめかと思ったけど、あきらめるのはまだはやい。

いなりずしは復活《ふっかつ》しそうだし、あらたな手がかりが見つかるかもしれないのだ。

「なんか、やる気が出てきた」

ぼくがいうと、

「あたりまえやないか」

タクミは明るくこたえた。

「いなりずしは食べてもらいたいし、だいだらとも仲《なか》よくならなあかんし、おれらでみんなを元気にするで」

そのたのもしいせりふに、ぼくは電話口で、

「うん」

と力強くうなずいた。

土曜日。

ぼくたち四人は父さんの車に乗って、開店前のおひさま食堂《しょくどう》にやってきた。長谷川《はせがわ》さんが、父さんにいなりずしのつくりかたを教えてくれるので、試食係《ししょくがかり》として呼《よ》ばれたのだ。

二人がちゅうぼうにこもっている間、ぼくたちは食堂《しょくどう》のそうじをしてから、シンちゃんの報告《ほうこく》を聞いた。

神主《かんぬし》さんが調べてくれた結果《けっか》、風土記《ふどき》の写本は現在《げんざい》、地元の歴史《れきし》を個人的《こじんてき》に調べている郷土史家《きょうどしか》のおじいさんの手元にあることがわかった。

その人は、町役場のOB《オービー》で、シンちゃんのお父さんの先輩《せんぱい》だったので、シンちゃんに話を聞いてきてもらっていた。

「それで、どうだったの？」

ソラが待ちきれないように身を乗りだした。

シンちゃんは、リュックから一枚《まい》の地図を取りだして、テーブルに広げた。

それは、破《やぶ》れていたページを写真にとってから印刷《いんさつ》したもので、一見したところ石《せき》像《ぞう》の場所を示《しめ》す地図と同じに見えるけど、神社と大岩の間に小屋の絵があった。

シンちゃんは、ぼくたちの顔を見まわすと、

「なかったページにかかれてたのは、予備《よび》の石像《せきぞう》のかくし場所やったんや」

そういって、ニヤリと笑《わら》った。

「予備《よび》？　石像《せきぞう》に、予備《よび》があったんか？」

タクミがおどろきの声をあげる。

「そうなんや。その郷土史家《きょうどしか》の先生に読んでもらったんやけど……」

そのページには、石像《せきぞう》がこわれてしまったときのために、予備《よび》をつくって祠《ほこら》の下にうめておく、という意味のことと、そのかくし場所をかいた地図がのっていたらしい。

「祠《ほこら》って、もしかして、これのこと？」

ぼくが小屋の絵を指さすと、シンちゃんはうなずいた。

「それじゃあ、ここへいけば……」

ぼくが期待をこめて地図をじっと見つめていると、

「お待たせー」

父さんが、お皿に大量《たいりょう》のいなりずしを、ピラミッドみたいに積《つ》みあげて運んできた。

「さあ、どうぞ」

「やったー！」

ぼくたちは歓声《かんせい》をあげて、いっせいに手をのばした。

「いただきまーす」

パクッ、とひと口食べると、あまからい出汁《だし》のかおりが、口いっぱいにじゅわっと広がった。

油あげにつつまれたごはんは、ふんわりとやわらかく、刻《きざ》んだたくあんがコリコリしている。

いっしゅん、なやみを完全《かんぜん》にわすれてしまうくらいのおいしさだった。

「うまっ！」

タクミが真っ先に声をあげて、ぼくたちも口ぐちに、

「父さん、これすごくおいしいよ」

「うまい！」

「おいしいです」

と声をあげた。

「そうかそうか」

父さんが満足《まんぞく》そうにうなずいている。

その後ろでは、白い髪《かみ》に丸めがねをかけた長谷川《はせがわ》さんが、うれしそうにほほえんでいた。

全員が三個《こ》ずつ食べたところで、

「これ、持ってかえってもいい？」

ぼくは残《のこ》りの山を指さして、父さんに聞いた。

「おう、いいぞ。つつんでやろう。ちょっと待ってろ」

父さんはそういって、お皿を手に、ちゅうぼうへともどっていった。

ぼくたちが食後のお茶を飲んでいると、

「おや、その地図はなんだい？」

長谷川《はせがわ》さんが、となりのテーブルによけておいた地図を目にしていった。

「学校の宿題で、この場所をさがしてるんですけど……」

シンちゃんが、かなり強引ないいわけを口にしながら、小屋の絵を指さした。

長谷川《はせがわ》さんは、地図に顔を近づけて、しばらく考えていたけど、やがて首をひねりながら、

「たぶん、森の祠《ほこら》とちがうかな」

といった。

「知ってるんですか？」

ぼくは思わず大きな声をあげた。

長谷川《はせがわ》さんによると、この場所には小高い丘《おか》と森があって、そこに小さな祠《ほこら》があるらしい。

きっと、その祠《ほこら》の下にに石像《せきぞう》がかくされているのだ。

ぼくたちは、父さんから、いなりずしのつまったふろしきづつみを受けとると、さっそく店を出て神社に向かった。


神社のベンチでぼくたちを待っていたキッコに、ふろしきいっぱいのいなりずしをわたすと、キッコは飛《と》びあがってよろこんでくれた。

結界《けっかい》をぬけて、タマモさんといっしょに座卓《ざたく》を囲《かこ》むと、ふろしきを広げる。

金色にかがやくいなりずしに、タマモさんは目を見開いて、ひとつ手に取った。

そっと口元に運んで、ひと口食べる。そして、泣《な》き笑《わら》いのような表情《ひょうじょう》をうかべながら、

「これです。五十年前に食べたのと……お祭りでいただいたのと、同じ味です」

といった。

タマモさんの言葉を聞いて、ぼくはホッと胸《むね》をなでおろした。

どうやら父さんは、長谷川《はせがわ》さんの味をちゃんと受けつぐことができたみたいだ。

キッコも両手にいなりずしを持って、パクパクと食べている。

タマモさんとキッコが、やっぱり三個《こ》ずつ食べて、ちょっと落ちついたところで、

「これを見てください」

シンちゃんがさっきの地図を広げて、ぼくたちにしたのと同じ説明《せつめい》をくりかえした。

ぼくが、小屋の絵がかかれている場所は、森の祠《ほこら》と呼《よ》ばれているらしい、とつけ加《くわ》えると、タマモさんがみけんにキュッとしわを寄《よ》せた。

「どうしたんですか？」

「じつは……」

ぼくが聞くと、タマモさんは、数年前、大雨と地震《じしん》が重なったことがあって、そのときに祠《ほこら》のある森が大きくくずれたのだと話した。

「だから、いまはどうなっているのかわからないんですけど……」

ぼくたちは顔を見あわせた。

だけど、とにかくいってみないとはじまらない。

場所はキッコが知っているというので、深くうまっている可能性《かのうせい》を考えて、神社の倉庫《そうこ》からシャベルやスコップを持ちだすと、森の祠《ほこら》をめざして出発した。

地図ではきょりがあるように感じたけど、キッコの案内《あんない》で田んぼのあぜ道や林の中をぬけていくと、意外とはやく目的地《もくてきち》が見えてきた。

田んぼの中に、ぽっかりと島のような森がうかんでいる。

道のない森の中を、足元に気をつけながら、おくへと進んでいくと、ちょうど丘《おか》のてっぺんのあたりに、たくさんの木切れが落ちている場所があった。

大雨と地震《じしん》のえいきょうで、祠《ほこら》がくずれてしまったのだろう。木切れはけっこう広いはんいにちらばっていた。

ぼくたちが立ちつくしていると、ドシン、ドシンと地をゆるがして、大きなかげがあらわれた。

だいだらだ。

「おれの縄張《なわば》りに、なにをしにきた」

だいだらが、ぼくたちを見おろしながら、森がゆれるような声でいった。

どうやら、この森はだいだらの住処《すみか》のようだ。

キッコがなにかいいかえそうとしたけど、それよりも先に、シンちゃんが一歩前に進みでた。

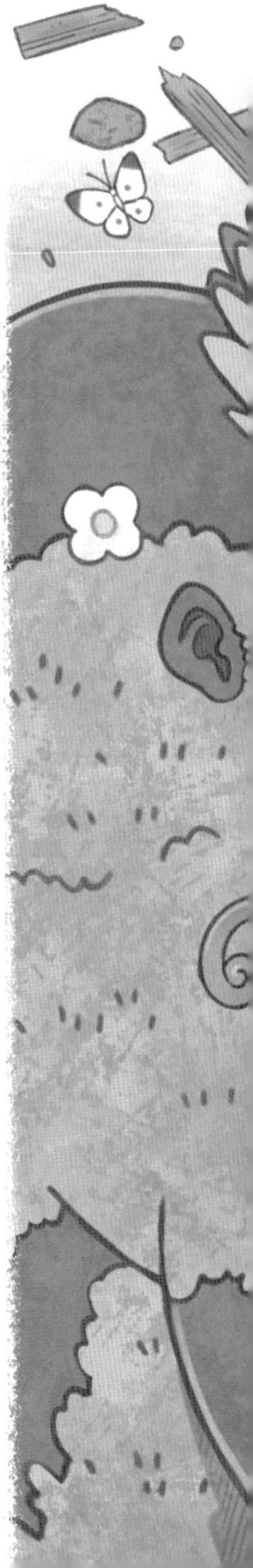

「ここに、結界《けっかい》を元にもどすための石像《せきぞう》があるかもしれないんだ」

だけど、だいだらは鼻で笑《わら》った。

「信用《しんよう》できるか。元はといえば、人間が勝手に木を切ったから、森がくずれたのだ」

シンちゃんが、ぐっと言葉につまる。だいだらはようしゃなく続《つづ》けた。

「人間は山に対する敬意《けいい》がない。山に暮《く》らすわれわれのことも、ばかにしているにちがいない」

「ちがう！」

ぼくはがまんできずにさけんだ。

だいだらが、少しびっくりしたような顔でぼくを見る。

ぼくはその顔をまっすぐ見かえしながら続《つづ》けた。

「ばかになんかしてない。みんな、大事な友だちだ」

ふと人の気配《けはい》を感じてとなりを見ると、ソラがすぐそばで、にらむようにしてだいだらを見あげていた。

ソラだけじゃない。タクミとシンちゃんも同じ顔をしている。

だいだらは、しばらくぼくたちとにらみあっていたけど、

「勝手にするがいい」

そういいのこして、背中《せなか》を向けてドシンドシンと去っていった。

「よし、やるぞ」

シンちゃんのかけ声に、ぼくたちは軍手《ぐんて》をはめてキツネの石像《せきぞう》をさがしはじめた。

木々《きぎ》にさえぎられて日差《ひざ》しはあまり強くないけど、空気がじっとりと蒸《む》しあつい。

とりあえず、木切れが落ちているあたりをほってみるんだけど、はんいが広いし、大きな石や木の根っこがじゃまをして、なかなか思うようにほりすすめられなかった。

それでも汗《あせ》だくになりながら、ひたすらつづけていると、

「痛《いた》いっ！」

ソラが悲鳴をあげて、ぼくは手を止めた。

「だいじょうぶ?」

しゃがみこむソラの元にかけよると、顔をしかめて手をおさえている。

軍手《ぐんて》を外すと、てのひらが真っ赤になっていた。

皮がむけたりはしてないけど、かなり痛《いた》そうだ。

タクミたちもかなりつかれてるみたいだし、いったん帰った方がいいかな、と考えていると、

「見せてください」

いつのまに森にきていたのか、タマモさんが、木箱を手にしてあらわれた。

木箱から小さなつぼを取りだすと、白いぬり薬をソラの手につける。

「あれ? 痛《いた》くない」

「よかった」

タマモさんがほほえんだ。

「わたしたちに伝《つた》わる傷薬《きずぐすり》です」

ぼくたちの帰りがおそいので、心配になって様子を見にきたのだそうだ。

ソラには休んでもらって、ぼくたちは穴《あな》ほりを再開《さいかい》した。

だけど、見つからないまま時間だけが過《す》ぎて、気がつけば、太陽の位置《いち》も低《ひく》くなってきていた。みんなの体力もそろそろ限界《げんかい》だ。

それでも力をふりしぼって、目の前の地面にいきおいよくシャベルをつきたてると、
カンッ!

高い音がして、はねかえされた。

「いたたたた……」

しびれるようなしょうげきに、思わずシャベルを手ばなして、顔をしかめる。

どうやら、大きな石にぶつかったみたいだ。

ぼくがシャベルを拾いあげて、ふたたびほろうとすると、

「どうしてそこまでがんばるんだ?」

とつぜん、頭の上から声が降《ふ》ってきた。

見あげると、いつのまにきたのか、だいだらが見おろしている。

「こんなことをしても、おまえら人間に、なんの得《とく》もないだろう」

「でも、キッコが困《こま》ってたから」

キッコを見て、力になりたいと思っただけで、損《そん》とか得《とく》とか、人間とか妖怪《ようかい》とか、なにも考えてなかった。

ぼくはシャベルをかまえようとしたけど、もう足に力がはいらない。たおれる、と思ったしゅんかん、だれかがぼくの体を支《ささ》えて、シャベルをうばいとった。

え？　と、ふりかえると、だいだらがそのシャベルを手にしている。

「貸《か》せ」

「手伝《てつだ》ってくれるの？」

びっくりして問いかけると、だいだらは無言《むごん》で、石のそばにシャベルの先を、ぐぐっと深くさしこんだ。

うでの筋肉《きんにく》が盛《も》りあがって、石が少しぐらっとなる。

それを見て、タクミとシンちゃんも石のそばにシャベルをつきさした。

ぼくとソラ、キッコもいっしょにシャベルをつかんで、力をこめる。

「せーの！」

ぼくのかけ声で、みんなが同時に力をいれると、ひとかかえもありそうな石が、土の中からごろんと転がりでた。

大きな穴《あな》の底《そこ》から、つぼのふちがのぞいているのが見える。

だいだらが体をかがめて、縄《なわ》でぐるぐる巻《ま》きにされた、大きなつぼを取りだした。

不思議《ふしぎ》なことに、あれだけの石の下じきになっていたのに、つぼにはひびひとつはいっていなかった。

縄《なわ》を解《と》いてふたを開けると、中にはあのキツネの石像《せきぞう》が十体近くもはいっていた。

「やったー！」

ぼくたちは、歓声《かんせい》をあげて飛《と》びあがった。

石像《せきぞう》を手に取ると、なんだかオーラのようなものが感じられた。

この石像《せきぞう》を、あるべき場所に置《お》いていけば、きっと結界《けっかい》が復活《ふっかつ》して、みんなも元気になるはずだ。

「ありがとうございます。これで、山のものたちの体調ももどると思います」

タマモさんが深々《ふかぶか》と頭をさげる。

「だいだらが手伝《てつだ》ってくれたおかげだよ。ありがとう」

ぼくがだいだらを見あげると、

「おれの縄張《なわば》りで、いつまでもさわがれたら、うっとうしいと思っただけだ」

だいだらは、てれたように顔をそらした。

「あー、もうだめ」

タクミが、ズボンがよごれるのもかまわずに、その場にすわりこんだ。

シンちゃんもシャベルを支《ささ》えにして、やっと立っているような状態《じょうたい》だ。

「あとはまかせてください。石像《せきぞう》のおかげで、力がもどったみたいです」

タマモさんが、自分の体よりも大きなつぼを、ひょいっと持ちあげた。

ぼくたち四人が目を丸くしていると、

「おまえらも、つかれただろう」

そういって、だいだらがぼくたちを、軽々《かるがる》とかつぎあげた。

右かたにぼくとソラを、左かたにタクミとシンちゃんをすわらせて歩きだす。

「重くないの?」

ぼくがびっくりして声をかけると、

「このぐらい、おれにとっては朝飯《あさめし》前だ。森を出るまで、送ってやろう」

だいだらは、どこかうれしそうな口調でいった。

「おーい、だいだら。つぎはわしも乗せてくれ」

ぼくたちの足の下で、キッコがぴょんぴょんと飛《と》びはねる。

「わかった、わかった。あとで乗せてやるから、もうしばらくがまんしろ」

だいだらのせりふが、娘《むすめ》にわがままをいわれたお父さんみたいで、ぼくは笑《わら》い声をあげた。

顔をあげると、夕方のやわらかな陽ざしが、青々《あおあお》とした田んぼの上に降《ふ》りそそいでいた。

作　緑川聖司（みどりかわせいじ）

2003年に日本児童文学者協会長編児童文学新人賞佳作を受賞した『晴れた日は図書館へいこう』（小峰書店）でデビュー。作品に「本の怪談」シリーズ、「怪談収集家」シリーズ、「福まねき寺」シリーズ（以上ポプラ社）、「絶対に見ぬけない!!」シリーズ（集英社みらい文庫）、「炎炎ノ消防隊」シリーズ（ノベライズ・講談社青い鳥文庫）などがある。また「笑い猫の5分間怪談」シリーズ（KADOKAWA）など、アンソロジー作品にも多く参加している。大学の卒業論文のテーマに「学校の怪談」を選んだほどの筋金入りの怪談好き。大阪府在住。

絵　TAKA（たか）

イラストレーター。児童・中高生向け読み物の装画・挿絵を数多く手がけている。絵を担当する作品に『ツクルとひみつの改造ボット』（岩崎書店）、「ゼツメッシュ!」シリーズ（講談社青い鳥文庫）、『疾風ロンド』（実業之日本社ジュニア文庫）、「基礎英語3」2018年度版（NHK出版）など。大阪府在住。
https://www.taka-illust.com

七不思議神社　破《やぶ》られた結界《けっかい》

作　緑川聖司
絵　TAKA

2024年1月　初　版
2024年10月　第2刷

発行者　岡本光晴
発行所　株式会社あかね書房
〒101-0065 東京都千代田区西神田3-2-1
電話　03-3263-0641（営業）
03-3263-0644（編集）
印刷所　錦明印刷株式会社
製本所　株式会社ブックアート
ブックデザイン　坂川朱音（朱猫堂）

落丁本・乱丁本はおとりかえいたします。
定価はカバーに表示してあります。

ISBN978-4-251-03740-4 NDC913 159p 20cm×14cm
https://www.akaneshobo.co.jp